AF293126

Meiner Familie

Christoph-Maria Liegener

Die Erlebnisse des Herrn A.

Satiren

Dritte, erweiterte Auflage

Verlag und Druck:
tredition GmbH
Halenreie 42, 22359 Hamburg

ISBN:

978-3-7469-1872-3 (Paperback)
978-3-7469-1873-0 (Hardcover)
978-3-7469-1874-7 (e-Book)

Inhalt

Vorworte

Vorwort zur zweiten und dritten Auflage

Die Texte wurden noch einmal durchgesehen, teilweise revidiert und durch viele neue ergänzt.

Vorwort zur ersten Auflage

Diese Zusammenstellung von Satiren ist aus Vorläufern entstanden, die in meiner Sammlung „Die kleine Poetix-Anthologie" enthalten sind. Viele weitere kamen hinzu, so dass ein eigenständiger Komplex mit neuem Schwerpunkt entstand. Die bereits veröffentlichten Stücke sind auch enthalten, da ohne sie die Zusammenstellung unvollständig wäre.

Noch ein Wort der Einschränkung: Nicht alle der kleinen Geschichten sind lu-

penreine Satiren. Es kann das eine oder
andere Stückchen Prosa dabei sein, das nur
deswegen mitaufgenommen wurde, weil es
eben eine Episode ist, die Herrn A. charak-
terisiert. Alle Texte haben jedoch gemeinsam, dass sie mit einem Augenzwinkern
geschrieben wurden.

Christoph-Maria Liegener

Einleitung

Jeder kennt die „Tücke des Objekts". Zuweilen ist auch von der „Tücke des Alltags" die Rede: all die kleinen Fallstricke, die das Leben für uns ausgelegt hat. Besonders wir Männer tappen immer wieder hinein.

Woran liegt das?

Die Evolution hat die Frauen besser als uns Männer auf das gesellschaftliche Leben vorbereitet. Sie kommen mit gesellschaftlichen Vorgängen besser zurecht als Männer, sind kommunikativer. Bei den Urmenschen sprachen sich die Frauen miteinander ab, Männer folgten blindlings ihrem Anführer. Frauen sorgten in der Höhle für das tägliche Leben, die Männer gingen in der Wildnis auf die Jagd. Mit der Eroberung durch den Menschen ist die Welt zu einer einzigen großen Höhle geworden. Echte Wildnis gibt es kaum noch. Diese Welt hat sich zu einem Reich der Frauen entwickelt.

Kommunikative Fähigkeiten sind heute wichtiger als körperliche Kraft. Sie verleihen den Frauen in unserer modernen Welt Vorteile.

Wir Männer stolpern in dieser neuen Welt von einem Missgeschick ins nächste. Glücklicherweise stehen uns die Frauen zur Seite, um uns auf den rechten Weg zurückzubringen.

Einer dieser tollpatschigen Männer ist Herr A. Was ihm so alles zustößt, ist kennzeichnend für die Genderproblematik unserer Zeit.

Es entspricht der Natur der Sache, dass Herr A. und die anderen Personen, die in diesen Geschichten auftreten, rein fiktiv und exemplarisch sind. Jede Ähnlichkeit mit realen Personen wäre rein zufällig.

Ärztliche Empfehlung

Herr A. litt unter Hitzewallungen, die ihn mehrmals täglich heimsuchten. Seine Mutter, bei der er sich beklagte, meinte, das sei bei Frauen eine Begleiterscheinung des Klimakteriums – bei Männern sei es ihr unbekannt. Er solle zum Arzt gehen.

Folglich konsultierte Herr A. seinen Hausarzt, Herrn Dr. Knochenbrech. Dieser fragte ihn nach sämtlichen Symptomen und danach, wann er sie an sich beobachtet hätte. Alle Symptome traten während der Arbeitszeit auf, und zwar dann, wenn Kollegen sein Büro betraten, noch genauer: bei Anwesenheit einer gewissen Kollegin, Frau B., die neu in der Firma war. Als Symptome benannte Herr A. neben der aufsteigenden Hitze vor allem Erröten, Herzrasen, Zittern, Schweißausbrüche, Verwirrung und vermehrten Blutzufluss in einer Körperregion, die zu benennen Herrn A. peinlich war.

Herr Dr. Knochenbrech führte einige Untersuchungen durch, konnte keine physischen Leiden feststellen und teilte Herrn A. mit, dass es sich um eine psychosomatische Störung handele, eigentlich nicht einmal eine Störung, sondern nur eine besonders starke Manifestation einer Verhaltensform, die nun einmal zum Leben dazugehöre. Man spreche von „Morbus amatoris", zu deutsch „Liebeskrankheit" oder „Liebeskummer". Kurz: Er sei in seine neue Kollegin verliebt.

Zur Therapie empfehle er, die betreffende Dame anzusprechen, sie zum Essen einzuladen und ihr näher zu kommen.

Gekostet hat dieser Ratschlag Herrn A. nichts. Das übernahm die Kasse. Herr A. indes erwies sich als vorbildlicher Patient und befolgte die ärztliche Verordnung.

Demzufolge sprach er am folgenden Tag Frau B. an. So unbefangen er sonst mit seinen Kollegen umging, so verkrampft war er in diesem Gespräch. Obwohl er am liebsten im Erdboden versunken wäre, gab er sich einen Ruck und legte los.

Nur stockend brachte er seine Einladung vor: Ob sie sich eventuell vorstellen könne, mit ihm in einem Restaurant essen zu gehen? Er kenne da ein hervorragendes Lokal, sehr gutes Essen, zwanglose Atmosphäre. Aber nur, wenn es ihr auch wirklich nichts ausmache. Er wolle sie nicht drängen. Es müsse ja auch nicht so bald sein. Wenn es ihr derzeit gerade nicht passe, dann vielleicht später. Überhaupt bitte er vielmals um Entschuldigung, dass er überhaupt gefragt habe, aber es sei in der ehrenhaftesten Absicht geschehen.

Zu seinem Erstaunen war Frau B. durchaus erfreut und antwortete:

„Sehr gerne. Vielen Dank für die Einladung. Ich freue mich darauf.“

Sie vereinbarten Ort und Zeit und trafen sich noch am gleichen Abend in Herrn A.s Lieblingsrestaurant.

Man unterhielt sich angeregt und verstand sich gut. Zum Essen tranken sie jeder ein Glas Wein; die Atmosphäre war entspannt, ja sogar fröhlich. Zum Schluss des Abends verabredeten sich die beiden erneut.

Herr A. brachte Frau B. dann noch nach Hause. Es gestaltete sich fast schon romantisch. Zu einem Abschiedskuss kam es dennoch nicht.

Die klassische Variante wäre gewesen, dass Herr A. Frau B. zum Abschied geküsst hätte. Warum geschah das nicht?

Um mit Frau B. zu beginnen, die Herrn A. als konservativen Menschen kennengelernt hatte: Sie scheute sich, ihrerseits die Initiative zu ergreifen, weil sie befürchtete, damit einen falschen Eindruck zu erwecken. Alles, was sie tun zu dürfen glaubte, war, ihr Gesicht behutsam ein paar Zentimeter in Herrn A.s Richtung zu bewegen und einladend zu lächeln.

Das nutzte leider absolut nichts.

Sei es, dass Herr A. die Botschaft nicht verstand, sei es, dass er sich nicht traute: Er stand da wie zur Salzsäule erstarrt. Zwar wusste er, dass dies die übliche Gelegenheit für einen ersten Kuss darstellte, und er war auch kurz davor, aktiv zu werden, doch fehlte ihm das letzte Quäntchen Entschlossenheit.

So blieben sie beide an diesem Abend ungeküsst, was ihnen jedoch nicht die Laune verdarb. Was nicht war, konnte ja noch werden.

In jedem Fall fühlte Herr A. sich nunmehr großartig und das blieb die nächste Zeit so. Seine Beschwerden waren mit einem Schlag verflogen.

Manchmal braucht man einen Schubs

Ein herrlicher Sommertag neigte sich seinem Ende zu. Herr A. saß mit Frau B. im Biergarten. Es war ein gemütliches Tête-à-tête, wie die beiden es sich von Zeit zu Zeit gönnten.

Schon ein Jahr gingen sie nun miteinander aus. Allerdings stagnierte ihre Beziehung auf diesem Niveau. Gern wäre Herr A. seiner Begleiterin auch körperlich nähergekommen. Wie hübsch sie aussah in ihrem weißen Sommerkleidchen! Die blonden Locken glänzten golden in der Sonne, ihre großen blauen Augen blitzten verführerisch, der Kirschmund lächelte freundlich. Seine Hormone spielten verrückt, aber er wusste beim besten Willen nicht, wie er sich ihr nähern sollte. Noch nie hatte er ein Mädchen oder eine Frau richtig geküsst. Er war eben das Gegenteil von einem Draufgänger.

Sie saßen also da auf der Bierbank und tranken ihr Bier, als plötzlich ein riesiger Kellner auf sie zukam – ein wahrer Hüne, ein muskelbepackter Koloss. Er hätte furchteinflößend wirken können, wenn er nicht so ein freundliches Gesicht gehabt hätte.

Wortlos trat er an ihre Bierbank heran, packte das eine Ende und stemmte es in die Höhe – an die zwei Meter hoch! Herr A. und Frau B., die am anderen Ende saßen, purzelten herunter, und zwar dergestalt, dass Frau B., die näher zum Kellner saß, auf Herrn A. fiel, der sich ans Ende gesetzt hatte. Im Fallen klammerte sich Frau A. haltsuchend an Herrn A., der unsanft auf seinem Hinterteil landete.

Pardauz!, da lagen sie auf der Erde, Frau B. auf Herrn A., und sahen sich verdutzt an.

„Du hast mich aufgefangen. Danke, mein Held!", hauchte Frau B. und drückte Herrn A. einen Kuss auf die Lippen. Ihre Arme waren noch immer um seinen Hals geschlungen. Sie löste sie auch jetzt noch nicht. Im Gegenteil, sie schmiegte sich enger an Herrn A. und sah ihm tief in die Augen.

Herr A. war völlig perplex. Nur langsam kam sein begriffsstutziges Hirn in Gang, die Gedanken ratterten und formierten sich schließlich zu der Erkenntnis: Hier bot sich eine einmalige Gelegenheit – er musste sie zurückküssen! Herr A. nahm all seinen Mut zusammen und gab Frau B. seinerseits zaghaft einen Kuss.

Diese erwiderte den Kuss, Herr A. machte weiter, diesmal etwas feuriger, und die Sache nahm ihren Lauf. Die Küsse wurden leidenschaftlich und bald waren die beiden in eine hemmungslose Knutscherei versunken, vergaßen Ort und Zeit. Als sie endlich zu sich kamen, war es spät geworden. Sie beschlossen, zu ihm zu gehen, und verließen engumschlungen den Biergarten.

Herr A. schwebte auf Wolke sieben. Er war überglücklich und schloss kurz die

Augen. So konnte er nicht sehen, wie seine Begleiterin in diesem Moment den Kopf wandte und dem riesigen Kellner fröhlich und verschwörerisch zuzwinkerte.

Die Balkonszene

In ihrer Verliebtheit hatten Herr A. und Frau B. beschlossen, gemeinsam zu verreisen. Nach Verona sollte es gehen, dem Schauplatz von Shakespeares unsterblicher Tragödie „Romeo und Julia". Sie hatten eine Suite mit Balkon im ersten Stock eines romantischen Hotels gebucht und wandelten auf den Spuren des berühmten Liebespaares.

Es war eine samtene Sommernacht, die erste, die sie hier gemeinsam erlebten. Herr A. bereitete Frau B. auf eine „wundervolle Überraschung" vor und bat sie, um Mitternacht auf den Balkon hinauszutreten. Sie brauche nicht auf ihn zu warten, er habe noch etwas zu erledigen.

Frau B., die ihren Shakespeare kannte, ahnte, was kommen würde, ließ sich jedoch nichts anmerken und beschloss, das Spiel mitzuspielen.

Mitternacht. Frau B. stand auf dem Balkon. Da ertönte einen Meter unter ihr so etwas wie Gesang. Herr A. hatte sich unter den Balkon gestellt und versuchte, ihr ein Ständchen zu bringen.

Der Text – selbst geschrieben – konnte als recht ordentlich durchgehen, aber der Singsang war eine Zumutung. Darüber hätte man unter Verliebten hinwegsehen können, aber Frau B. wollte, dass auch ihr Liebster seine Überraschung bekäme und hatte sich vorbereitet.

Über den „singenden" und vor Schreck noch höher aufjaulenden Herrn A. ergoss sich plötzlich der Inhalt eines Kübels.

Nein, es war keine Jauche, nicht einmal Wasser. Herr A. bemerkte, nachdem sich der erste Schreck gelegt hatte, dass er mit Champagner übergossen worden war. Er hatte die erste Champagnerdusche seines Lebens erhalten.

Während er noch dastand wie ein begossener Pudel, war Frau B. schon nach unten geeilt, umarmte ihn, zog ihn hinein, brachte ihn ins Bad und begann, ihn trockenzulegen.

Herr A. genoss es. Sie befeuchteten sich nochmals mit Champagner, diesmal nicht nur von außen, sondern auch von innen, und alberten fröhlich herum. Es wurde eine schöne Nacht.

Schwiegermütter in spe

Es war an der Zeit. Herr A. wollte seinen Eltern Frau B. als seine Partnerin vorstellen. Er fand sich mit ihr zum Kaffeetrinken in seinem Elternhaus ein.

Anfangs schien alles harmonisch zu verlaufen, aber dann traten gewisse Spannungen zwischen Herrn A.s Mutter und Frau B. immer deutlicher zutage. Die Mutter schien die Partnerin ihres Sohnes nicht zu mögen.

Nicht nur die plötzliche Abkühlung ihrer Mimik, wenn sie sich von einem der beiden anderen Gesprächsteilnehmer Frau B. zuwandte, fiel auf, sondern auch, dass sie dies nur sehr selten und offensichtlich höchst ungern tat, wobei sie Blickkontakt möglichst vermied. Hinzu kam, dass sie Frau B. kaum ausreden ließ, ihr gerade dann, wenn es um persönliche Dinge ging, plötzlich ins Wort fiel. Das Wenige, was sie überhaupt zu Frau B. sagte, zeugte von deutlicher Geringschätzung.

Herr A. saß verlegen daneben und wusste nicht, was er tun sollte.

Später versuchte er, Frau B. eine Erklärung zu geben:

„Du musst das verstehen. Ich bin ihr einziges Kind. Sie will mich nicht mit dir teilen."

Frau B. versuchte zu verstehen. Es wollte ihr nicht so recht gelingen.

Das Rückspiel ließ nicht lange auf sich warten.

Als Herr A. zum Vorstellungsgespräch bei Frau B.s Eltern antrat, wiederholte sich das Ganze mit vertauschten Rollen. Frau B.s Mutter ging sogar so weit, Herrn A. offen verbal anzugreifen. Sie warf in den Raum, dass es ihr nicht gefalle, dass ihre Tochter mit so einem armen Würstchen zusammen sei.

Herr A. dachte bei sich:

„Moment mal! Wenn ich auch physisch nicht viel hermache und nicht reich bin, so geht es doch wohl hauptsächlich darum, dass wir uns lieben.

Mag sein, dass ich ein armes Würstchen bin. Ich selbst fühle mich zuweilen so – gerade wieder jetzt. Das gibt jedoch niemand anderem das Recht, mich so zu bezeichnen.“

Laut sagte er:

„Wenn ich eine Wurst wäre, dann eine Habanero-Currywurst und Sie sollten aufpassen, dass Sie sich nicht den Mund verbrennen.“

„Keine Angst, ich werde Sie schon nicht fressen. An Ihnen ist ja nichts dran.“

„Dafür an Ihnen umso mehr.“

Frau B.s Mutter, die tatsächlich ein paar Pfunde zu viel auf den Rippen hatte, lief rot an. Sie stieß etwas hervor von rotzfrechen Lümmeln, die noch nicht trocken hinter den Ohren seien und sich einbildeten, bei den Erwachsenen mitmischen zu können, worauf Herr A. replizierte, dass eine feuchte Haut hinter den Ohren immer noch besser wäre als eine runzlige im Gesicht.

So ging es hin und her, bis Frau B. vorschützte, Herr A. hätte noch einen Termin, und zum Aufbruch drängte. Wer weiß, wie das Treffen sonst noch geendet hätte.

Auch dieser Besuch konnte nicht als erfolgreich verbucht werden.

Herr A. und Frau B. hielten Kriegsrat. Herr A. schlug vor, Feuer mit Feuer zu bekämpfen, die beiden Mütter aufeinander loszulassen. Frau B. äußerte Bedenken: Ohne einen Raubtierdompteur dürfe man das nicht riskieren. Es könne schlimm ausgehen.

Schließlich einigten sie sich darauf, ein größeres Treffen der beiden Familien zu organisieren, bei dem die beiden Glucken selbst entscheiden konnten, ob sie miteinander sprechen wollten oder nicht.

Sie wollten – und wie! Überraschenderweise erkannten die beiden Mütter, dass sie einst Jugendfreundinnen gewesen waren. Sie hatten sich nach ihrer Schulzeit aus den Augen verloren und irgendwann geheiratet. Da beide die Namen ihrer Männer angenommen hatten, konnten sie die Kinder einander zunächst nicht zuordnen.

Umso größer war ihre Freude jetzt. Man gratulierte sich und fragte ganz unverblümt, wann denn die Hochzeit sein solle.

Ehealltag

Es gab eine Hochzeit in kleinstem Rahmen. Das entsprach dem Wunsch der Brautleute. Auch wenn die Schwiegermütter gern eine Riesenveranstaltung daraus gemacht hätten, konnte das Brautpaar sich mit ihrer Vorstellung durchsetzen. Die beiden wollten keinen Trubel. Sie wollten es ruhig angehen und waren trotz all der lieben Worte am Schluss froh, es hinter sich zu haben.

Ab ging es in die Flitterwochen nach Venedig und von dort auf eine Mittelmeekreuzfahrt. Danach zeichnete sich ab, wie es in Zukunft laufen würde: Die Frau äußerte ihre Wünsche, der Mann erfüllte sie.

Wenn sie ihre Wünsche denn nur klar geäußert hätte! Aber nein, sie erwartete, dass Herr A. ihr alles von den Augen ablas.

Geschah das nicht, schmollte sie. Sprach er sie darauf an, meinte sie nur: „Alles in Ordnung." Das allerdings in einem Tonfall, der alles andere als „in Ordnung" signalisierte.

So war es auch diesmal.

Herr A. hatte bereits gelernt, darauf zu reagieren. Zunächst einmal musste er in sich gehen, um herauszufinden, was er falsch gemacht hatte. Irgendetwas hatte er falsch gemacht, so viel war klar.

Schließlich fiel es ihm wie Schuppen von den Augen: Er hatte das von seiner Frau im Schweiße ihres Angesichts zubereitete Essen wortlos hinuntergeschlungen, ohne es gebührend zu würdigen und zu loben. Nicht einmal bedankt hatte er sich. Pure Gedankenlosigkeit – so ging es wirklich nicht!

Das musste er irgendwie wieder in Ordnung bringen, aber vorsichtig. Es durfte keinesfalls wie eine Pflichtübung aussehen, sonst würde er alles nur noch schlimmer machen.

Er räusperte sich:

„Schatz, das heutige Mittagessen habe ich zu meinem neuen Lieblingsessen gewählt. Könntest du es bitte bei Gelegenheit noch einmal machen?"

„Wenn es dir tatsächlich geschmeckt hat, warum hast du dann beim Essen nichts gesagt?"

Aha, er hatte also richtiggelegen. Jetzt brauchte er schnell eine Begründung:

„Ich war völlig hin und weg. Erst langsam komme ich wieder zu mir."

Hoppla! Da hatte er ein wenig zu dick aufgetragen. Ein zweifelnder Blick seiner Frau bestätigte es ihm. Er versuchte zu korrigieren:

„Na ja, weggetreten war ich schon, aber genau genommen hingen meine Gedanken noch bei der Arbeit. Probleme, die mich einfach nicht losgelassen haben. Aber dein

Essen hat mir sehr geholfen. Nochmals vielen Dank dafür!"

Während er so redete, merkte er, dass er da etwas ansprach, was über den Augenblick hinausging.

Seine Frau half ihm wirklich, wo sie nur konnte. Sie gab ihm Halt in allen Lebenslagen. Auf sie konnte er sich immer verlassen.

Ja, sie hatte ihm geholfen in ihrer stillen Art, diesmal und auch vorher schon oft. Sie half ihm immer wieder und in jeder Hinsicht.

Und nicht nur ihm. Sie tat überall, wo sie hinkam, Gutes, stellte sich selbst hintan, war für andere da, gab stets mehr, als sie bekam.

Aus tiefster Überzeugung fügte er leise hinzu:

„Du bist ein Engel."

Seine Frau lächelte, trat zu ihm heran und sie gaben sich zärtlich einen Kuss.

Einen Augenblick hielt er inne. Dann neigte er sich ihr noch einmal zu – einfach von seinen Gefühlen überwältigt – und flüsterte ihr ins Ohr:

„Ich liebe dich."

Fußball

Oh nein! Herr A. hatte die Nase voll. Seine Frau hatte noch ein Schuhgeschäft entdeckt. Schon wieder! Warum musste sie nur immer Schuhe kaufen? Ihre Schuhschränke (ja, sie hatte mehrere) quollen doch schon über.

Und er sollte wie immer gute Miene zum bösen Spiel machen! Wie wäre es mal umgekehrt, wenn sie ihn zu einem Fußballspiel begleitete? Oder wenigstens nicht wegzappte, wenn Fußball im Fernsehen lief? Oder ihn anfeuerte, wenn er samstags bei den Amateuren mitspielte? Oder sogar selbst mal mitspielte?

Da hatte er eine glorreiche Idee: Er ging mit ihr in das blöde Schuhgeschäft, zog sie dann aber in eine andere Abteilung, als sie dachte.

„Wie wäre es, wenn wir dir jetzt Fußball-schuhe kaufen?", regte er an.

Es war als Kompromiss gedacht. Sollte wohl nicht sein.

Nein, da gab es keine Kompromisse. Es war hoffnungslos. Selbst Frauenfußball konnte er ihr nicht schmackhaft machen.

Als er schon aufgegeben hatte, kam doch noch die Wende.

Das Spitzenduell der ersten Bundesliga stand an und Herr A. versuchte, seine Frau darauf vorzubereiten, dass er sich das am Abend ansehen wollte.

Alle Superlative des Spiels zählte er auf – ohne Erfolg. Bis er Natascha Ladislava erwähnte, die Schiedsrichterin des Spiels. Nebenbei ließ er fallen, dass sie dieses Jahr zur sexiest female referee alive gekürt wor-den wäre.

Darauf sprang Frau A. an:

„Was denn: weibliche Schiedsrichterinnen im Männerfußball?"

Schulterzuckend meinte Herr A.:

„Na ja, die Gleichberechtigung. Mich stört's nicht."

„Das kann ich mir denken: leichtbekleidete Frauen, die übers Spielfeld hüpfen! Männer genießen das doch."

Herr A. durfte jetzt nichts Falsches sagen, das wusste er.

„Ihre Entscheidungen waren bisher im Großen und Ganzen nicht zu beanstanden."

So leicht kam er nicht davon. Frau A. hakte nach:

„Und findest du sie sexy?"

„Also, darauf habe ich bisher noch gar nicht geachtet."

Richtige Antwort. Glück gehabt.

Am Abend nahm Frau A. wie selbstverständlich neben Herrn A. vor dem fußballverseuchten Fernseher Platz. Kein Klagen, kein Jammern. Richtig interessiert sah sie zu. Schließlich fragte sie ihren Mann:

„Findest du wirklich, dass sie so toll aussieht?"

Die diplomatische Antwort war:

„Das ist Geschmackssache. Mein Fall wäre sie nicht."

Das setzte sich fort, indem Frau A. die Frisur der Schiedsrichterin kritisierte, an ihrer Figur zu mäkeln hatte und irgendwann sogar dazu überging, ihre Entscheidungen in Frage zu stellen.

Dem durfte Herr A. nicht widersprechen, das war klar, und er tat es nicht. Es wurde ein harmonischer Fernsehabend zu zweit.

Wunderbare Aussichten öffneten sich.

Solange es weibliche Schiedsrichterinnen gibt, ist alles in Butter.

Beim Einkauf

Das Ehepaar A. ging im Supermarkt einkaufen. Das gehörte zu ihrer wöchentlichen Routine. Sie wählten dafür gewöhnlich den Donnerstag, weil die Geschäfte samstags wegen des bevorstehenden Wochenendes normalerweise überfüllt sind und deshalb viele Leute auf den Freitag ausweichen. Donnerstag geht noch.

Sie hatten sich einen Einkaufswagen geschnappt und begannen, ihn zu füllen.

Das gestaltete sich nicht ganz so einfach, wie es sich anhört. Wieder einmal hatte die Geschäftsleitung die Waren umsortieren lassen. Das taten sie gern öfter mal, weil die Marketingberater davon ausgingen, dass die Kunden beim Suchen nach den von ihnen gewünschten Artikeln auf andere stoßen würden, die sie eventuell auch gebrauchen könnten. Kurz, der Markt würde auf diese Weise mehr verkaufen.

Dazu gehörte natürlich auch, dass man nicht einfach nach den Artikeln fragen konnte. In solchen Situationen war weit und breit kein Mitarbeiter des Supermarkts zu finden. Letzteres brachte dem Supermarkt noch einen Vorteil: Man brauchte die Mitarbeiter nicht für die nutzlose Tätigkeit des Fragen-Beantwortens zu bezahlen, konnte also Personal sparen.

Die paar bedauernswerten Mitarbeiter, die trotzdem noch Dienst tun mussten, hatten einen sechsten Sinn entwickelt, witterten fragewütige Kunden auf zwanzig Meter und versteckten sich beizeiten. Die Kunden ihrerseits verbündeten sich zu kleinen Gruppen und kreisten solch einen verschreckten Angestellten dann ein.

Die Rettung der Angestellten durch die Geschäftsleitung kam in regelmäßigen Abständen: Sinnlose Durchsagen per Lautsprecher wie: „17 an 23." Der Angestellte konnte sich dann aus dem Klammergriff der Kunden befreien und mit einem „Das ist für mich" im Labyrinth der Gänge verschwinden.

Das Ehepaar A. hatte schließlich allen Widrigkeiten zum Trotz das zusammengesucht, was sie brauchten, und schoben den Wagen zur Kasse.

Hier hatten sich lange Schlangen gebildet. Auch das war nicht ungewollt; denn die Wartenden starrten auf kassenflankierende Regale mit unzähligen „Schnell-mal-mitnehmen"-Artikeln wie Süßigkeiten, Zigaretten, Batterien usw.

Zielsicher steuerte Herr A. den Wagen ans Ende der kürzesten Schlange. Seine Frau warnte ihn:

„Die Kassiererin ist neu. Die braucht länger."

Herr A. replizierte:

„So schlimm wird's schon nicht sein. Dafür ist die Schlange kürzer."

Fünf Minuten später hatte er seinen Irrtum eingesehen und stellte sich bei einer anderen Kasse an.

Dort hatten sie bereits wiederum fünf Minuten gestanden und waren ein wenig vorgerückt, als Frau A. eine Freundin entdeckte, die am Ende einer weiteren Schlange stand. Sie gab ihrem Mann keine Gelegenheit zum Widerspruch und zog ihn dorthin. Damit war für sie das Problem der Wartezeit erledigt. Sie unterhielt sich angeregt mit ihrer Freundin.

Für Herrn A. hingegen verging die Zeit noch langsamer als vorher.

Doch irgendwann war es soweit: Er konnte damit beginnen, die Waren aufs Band zu legen. Dabei entdeckte er eine Delle in einer Dose. Er zeigte die Dose seiner Frau und fragte, ob er eine andere, unbeschädigte holen solle. Das kam nicht in Frage:

„Und ich soll inzwischen hier von den hinter uns Wartenden gelyncht werden? Bleib gefälligst da! Ich werde die Dose zurückgehen lassen und beim nächsten Mal eine neue kaufen."

„Aber brauchst du sie denn nicht diese Woche?"

„Das bekomme ich schon hin", erwiderte seine Frau und wandte sich wieder ihrer Freundin zu.

Endlich hatten sie bezahlt. Herr A. wunderte sich über den hohen Betrag. Er überstieg jedes Mal den vom letzten Mal. Seine Frau erklärte ihm, woran es lag: Er habe bei den Sonderangeboten zu ausgiebig zugegriffen. Das konnte Herr A. nicht verstehen. Er hatte in allen Fällen erhebliche Summen errechnet, die er gegenüber dem nicht-reduzierten Kauf gespart hätte. Irgendwann musste sich das doch in einem niedrigeren Rechnungsbetrag widerspiegeln. Warum geschah das nicht?

Er würde es nie ergründen.

Inzwischen hatten sie die Kasse hinter sich gelassen. Allerdings hatte Frau A. ihr Gespräch noch nicht beendet. Herr A. wollte nicht stören. Heimlich dachte er, die beiden könnten ihre Unterhaltung doch per

Handy fortsetzen, während seine Frau ihn schon mal zum Auto begleitete. Gesagt hat er es nicht. Er wusste, dass so eine Unterhaltung unter Frauen eine wichtige soziale Transaktion ist – mehr als nur ein Austausch von Informationen.

So ließ er gelangweilt seine Blicke durchs Foyer des Supermarkts schweifen, bis ihm eine hübsche junge Dame auffiel, die die Besucher des Marktes um ein Feedback bat. Das konnte sie haben!

Schnurstracks schoss er auf sie zu, um ihr die Meinung zu geigen. Sie sah ihn kommen und wollte ihn gerade freundlich ansprechen, als er ihr ins Wort fiel und sie unwirsch anfuhr:

„Können Sie mir sagen, warum ich überhaupt noch hier einkaufen soll?"

Die Dame faselte etwas von den günstigen Preisen und dem reichhaltigen Sortiment. Man fände hier praktisch alles.

Herr A. platzte heraus:

„Ja, wenn man es denn finden würde!"

Dann beklagte er sich über all die weiteren Dinge, die ihn störten.

Die nette Dame hörte sich das Lamento geduldig an und versuchte dann, Herrn A. zu beruhigen – nach und nach mit Erfolg. Am Ende machte sie ihm klar, dass seine Beschwerde mehr Gewicht hätte, wenn er seine Vorwürfe in Form von Bewertungen anhand vorgegebener Fragen quantitativ dokumentieren würde.

Bei der nun folgenden Befragung zu verschiedenen Aspekten seines Einkaufs in diesem Supermarkt genoss er es, bei jeder Frage jeweils die schlechtestmögliche Punktzahl zu vergeben. Danach fühlte er sich besser.

Jetzt, da er seine Frustration einigermaßen abreagiert hatte und die Fragerin sich auch noch ausgiebig für die Unannehmlichkeiten im Namen des Supermarkts entschuldigt hatte, schenkte er ihr sogar ein

Lächeln und verstieg sich zu einem „Schon gut". Er bekam ein Lächeln zurück.

Wesentlich besser gelaunt kehrte er federnden Schrittes zu seiner Frau zurück, die inzwischen ihr Gespräch beendet hatte und wissen wollte, wo er denn so lange bliebe.

Alles in allem ein harmonischer Einkauf.

Vor dem Fernseher

Gern machten es sich Herr und Frau A. öfter mal abends vor dem Fernseher gemütlich. Sie sahen sich Filme an, die sie im Lauf der vorangegangenen Tage mit dem Festplattenrecorder aufgezeichnet hatten. Das hatte nicht nur den Vorteil, dass man nach Belieben Toilettenpausen einlegen konnte, sondern auch, dass man zurückspulen konnte, wenn man eingeschlafen war.

Außerdem konnte man sich besonders saftige Szenen noch einmal in Zeitlupe anschauen.

Allerdings gab es erste Anzeichen, dass sie zu viel fernsahen. Zum Beispiel erkannten sie mittlerweile die meisten Darsteller der Hauptrollen sofort. Es sind nur ein paar Schauspieler, die immer wieder in den verschiedensten Filmen auftauchen. So hat ein markanter Typ gestern noch den Kommissar gespielt, heute ist er der Bösewicht. Da muss man schon abstrahieren können.

Das hat leider dazu geführt, dass Herr und Frau A. eine Gesetzmäßigkeit bei Krimis erkannt haben, die ihnen von Anfang an die Spannung nahm:

Der Bösewicht ist eine der wichtigsten Rollen im Film und wird immer einem namhaften Schauspieler bzw. einer namhaften Schauspielerin zugeschanzt. Wenn also bei den Ermittlungen des Fernsehkommissars ein bekanntes Gesicht auftaucht, weiß man sofort, dass er oder sie der Täter oder die Täterin ist.

Es gibt eine Ausnahme: eine Verstrickung, die zum dramatischen Leiden einer weiteren Person führt. Leiden schlägt Verbrechen. In solch einem Fall wird der Star das leidende Opfer repräsentieren, vorausgesetzt, das Leiden zieht sich in die Länge.

So sind besonders die deutschen Krimis leicht zu durchschauen. Die englischen neigen zwar auch zu diesem Schema; je-

doch kennt man hierzulande die englischen
Schauspieler nicht so gut wie die deutschen.

Die Spannung bleibt bei den Engländern
auch dadurch erhalten, dass alle, die nicht
muttersprachliche Engländer sind, sich die
englischen Namen schlechter merken können als die ihrer Muttersprache. Man
kommt sich immer ein bisschen dumm vor,
zumal die Engländer gern extrem kompli-
zierte Familiengeschichten konstruieren,
welche auf Verwandtschaftsverhältnissen
beruhen, die ein normaler Mensch kaum
durchschauen kann, es sei denn, er fertigte
eine Skizze des Stammbaumes der Prota-
gonisten an. Wenn dann der Kommissar
am Schluss in einem Monolog die Lösung
präsentiert, versteht man nur die Hälfte.
Aber man weiß, dass der Gerechtigkeit
wieder einmal Genüge getan worden ist.
Das muss reichen.

Früher hatte Herr A. bei diesen Filmen
immer seine Frau um Rat gefragt. Sie versteht soziale Strukturen wesentlich besser
als er. Das ging solange gut, bis sie ihm
wiederholt vorschlug, doch einmal zum

Ohrenarzt zu gehen. Danach hat er es aufgegeben.

Am meisten nervten Herrn A. die amerikanischen Filme. Der Grund: Frau A. war fast jedes Mal Feuer und Flamme für den männlichen Hauptdarsteller. In einem Fall hatte es sie besonders schlimm erwischt. Das war, als Harry Foresome in der Schnulze auftrat, die ihn so berühmt gemacht hat … man weiß schon, welche. Frau A. konnte sich gar nicht beruhigen. Herr A. schwieg dazu.

Aber als er am nächsten Tag die Post hereinholte, tat er überrascht und verkündete seiner Frau:

„Eine Fotopostkarte von Harry Foresome an dich. Er schreibt, du sollst deinen idiotischen Ehemann verlassen und stattdessen ihn heiraten."

Lachend entgegnete Frau A.:

„Sag ihm, ich würde meinen fantastischen Ehemann nicht für hundert von seiner Sorte verlassen."

Dann – nach einem Augenblick – gab sie ihm einen leichten Knuff in die Seite und flüsterte:

„Du weißt schon, dass ich in Wirklichkeit sofort mit ihm gehen würde, nicht wahr?"

Der lästige Wecker

Der Wecker schrillte. Das war zu früh! Herr A. langte mit geschlossenen Augen hinüber, drückte ihn aus und wühlte sich wieder in sein Kissen. Schnell war er wieder eingeschlafen.

Er weilte gerade in seinen schönsten Träumen, da ging der Wecker wieder los. Herr A. hatte im Halbschlaf nur die Schlummertaste gedrückt und sich lediglich fünf Minuten Frist verschafft.

Er tastete abermals blindlings nach dem lärmenden Wecker, doch diesmal stieß er ihn dabei vom Nachttisch. Der Weckton blieb davon unbeeindruckt und nervte weiter.

Vergeblich zog sich Herr A. das Kissen über den Kopf und hielt sich die Ohren zu. Es nutzte nichts.

„Ich armes Würstchen! Womit habe ich das verdient?", murmelte Herr A. Mit leisem Fluchen öffnete er die Augen einen winzigen Spalt. Um den Wecker zum Schweigen zu bringen, musste er sich erheben. Also dann …

Er versuchte aufzustehen, torkelte, stolperte und schlug der Länge nach hin. Als Pechvogel kann man ihn nicht einmal bezeichnen – sonst wäre er gegen ein Möbelstück gefallen und hätte sich verletzt. So war ihm nichts passiert. Ächzend erhob er sich, packte wütend den Wecker und schüttelte ihn.

„Infame Kreatur!", zitierte er die „Feuerzangenbowle".

In einem ersten Impuls wollte er den Wecker mit voller Wucht gegen die Wand schleudern, wurde aber von dem unbestimmten Gefühl gebremst, dass dies den Apparat nicht zum Schweigen bringen würde.

Also beherrschte er sich und schaltete den Wecker auf herkömmliche Weise aus.

Jetzt, da er stand, verspürte er den unwiderstehlichen Drang, auf die Toilette zu gehen. Er erledigte das. Nachdem er sich gewaschen hatte, waren seine Lebensgeister ganz erwacht.

Er blinzelte ins Licht der Badbeleuchtung und fragte sich, welcher Tag heute eigentlich sei.

Da traf es ihn wie ein Blitz. Es war Wochenende! Das durfte nicht wahr sein!

Er hatte wohl gestern, der Macht der Gewohnheit folgend, wie jeden Morgen den Wecker nach dem Ausschalten für den nächsten Tag wieder eingeschaltet. Normalerweise korrigierte er das gegebenenfalls vor dem Schlafengehen. Diesmal musste er es offenbar vergessen haben. Erinnern konnte er sich an nichts.

Somit war er an einem Samstag frühmorgens aufgestanden – für nichts und wieder nichts.

Na dann: nichts wie zurück ins Bett und Augen zu!

Pustekuchen! Er war nun hellwach und konnte nicht mehr einschlafen.

Ruhelos wälzte er sich in seinem Bett hin und her. Da kam langsam die Erinnerung wieder: Seine Frau hatte den Wecker für sie beide gestellt, weil sie heute früh gemeinsam den Weihnachtsbaum kaufen wollten. Es verblieben nur wenige Tage bis Heiligabend und es gab noch so viele Dinge zu erledigen.

„Was für eine Unsitte, Millionen von Bäumen in die Wohnzimmer zu stellen! In der freien Natur wären sie besser aufgehoben", schimpfte er vor sich hin.

Dann weckte er seine Frau, die Ohrenstöpsel benutzte.

Ein Segelausflug

In der Nähe von Herrn A.s Wohnsitz gab es einen malerischen See. Nichts Spektakuläres, aber immerhin groß genug, um darauf zu segeln. In einem Anfall von Aktionismus schlug Herr A., der während seines Studiums den Binnensegelschein erworben hatte, seiner Frau eines Tages vor, einen Segelausflug dorthin zu unternehmen. Seine Frau zeigte sich skeptisch, aber Herr A. strotzte wie üblich vor Selbstvertrauen:

„Keine Angst. Ich mache das schon. Dir wird nichts passieren.“

Widerwillig ließ sich seine Frau überreden.

So kam es, dass man sich an einem sonnigen, leicht windigen Sommertag eine Jolle auslieh und auf den See hinaussegelte.

Zunächst ging alles gut und beide hatten Spaß.

Das Unglück ereignete sich, als Herr A. sich bei einer Halse ablenken ließ und den herüberkommenden Großbaum gegen den Kopf bekam.

Der Schlag raubte ihm zwar nicht das Bewusstsein, warf ihn aber über Bord.

Nun lag er im Wasser und das Boot rauschte davon – mit seiner Frau an Bord! Diese schrie vor Schreck auf – und auch vor Angst, weil sie nicht wusste, was sie tun sollte.

Glücklicherweise blieb das Boot im nahegelegenen Schilfgürtel stecken, bevor Frau A. etwas falsch machen konnte.

Herr A. schwamm dem Boot hinterher, erreichte es und krabbelte an Bord. Nachdem er seine Frau halbwegs beruhigt hatte, stocherte er mit dem Paddel das Boot frei und segelte zum Anlegesteg zurück.

Der Schreck steckte beiden noch in den Knochen, als sie das Boot zurückgaben. Besonders Frau A. rang nach wie vor um Fassung. Sie befürchtete eine Gehirnerschütterung ihres Mannes und bestand darauf, ihn zum Arzt zu schleppen.

Der Arzt, Herr Dr. Knochenbrech, führte ein paar Tests durch, die jedoch keine Hinweise auf physische Schäden lieferten. Zum Schluss fragte er sicherheitshalber noch Frau A., ob ihr irgendwelche Merkwürdigkeiten am Verhalten ihres Mannes aufgefallen seien.

Frau A. meinte:

„Ja, und ob er sich merkwürdig verhält! Sehr merkwürdig sogar! – Allerdings hat er das auch vorher schon getan."

Damit war alles geklärt.

Sie unternahmen nie wieder einen Segelausflug.

Kalter Kaffee

Gelegentlich surfte Herr A. im Internet. Diesmal interessierte er sich für Rabattaktionen. Dabei stieß er doch tatsächlich auf einen Coupon für ein ermäßigtes Essen zu zweit bei einer Restaurantkette, die auch in seiner Stadt eine Filiale hatte. Er druckte den Coupon aus und ging bei der nächsten Gelegenheit mit seiner Frau zum Essen dorthin.

Etwas unsicher, ob die Sache mit dem Coupon klappen würde, betraten sie den Gastraum. Kaum hatten sie sich gesetzt, trat die Bedienung an ihren Tisch.

Herr A. erkannte sie auf den ersten Blick. Es war Gertrud aus seiner Schulklasse im Gymnasium. Sie hatten sich seither nicht mehr gesehen. Auch Gertrud konnte Herrn A. zuordnen und ließ deutlich erkennen, dass sie über die Begegnung alles andere als erfreut war.

Frau A. erfasste die Spannung sofort und fragte ihren Mann, wer das sei und was sie gegen sie beide hätte. Herr A. setzte sie ins Bild und behauptete, dass es für Gertruds Unfreundlichkeit eigentlich keinen Grund gebe. Er erinnere sich jedenfalls nicht, ihr jemals etwas getan zu haben. In der Tat, sie hätten während der ganzen Schulzeit nie auch nur ein Wort miteinander gewechselt.

„Das hat gar nichts zu bedeuten", klärte ihn seine Frau auf. „Vor allem heißt es noch lange nicht, dass es keine Animositäten auf ihrer Seite gegen dich gegeben hat."

Da hatte Frau A. leider recht. Was beide nicht wussten, was aber alles erklärte, war, dass Gertrud in ihrer Schulzeit heimlich in den Schüler A. verliebt gewesen war. Das verstehe, wer will. Schlich doch der stille Junge seinerzeit ganz unauffällig durch die Gänge und machte nicht gerade den Eindruck eines Womanizers. Sein Wissen über das andere Geschlecht beschränkte sich auf die schmutzigen Witze, die sich die pubertierenden Schüler auf dem Schulhof erzählten. Er war einfach noch nicht reif für eine Beziehung zu einem Mädchen.

Nun könnte man sagen: Die Liebe geht seltsame Wege. So könnte man denken, und so ist es auch oft – aber nicht in diesem Fall! Es handelte sich nämlich bei Gertruds Gefühlen gar nicht um eine echte große Liebe, sondern die Angelegenheit stellte sich wesentlich verzwickter dar. Das arme Mädchen litt unter einem massiven Minderwertigkeitskomplex und hatte wohl auf ihrer überstürzten Partnersuche auch schon die eine oder andere Abfuhr erhalten. Dies führte dazu, dass sie absichtlich nicht mehr nach einem Traumprinzen suchte, sondern glaubte, nur ein unattraktiver Junge könne sich in sie verlieben. So kam es zu ihrer merkwürdigen Wahl.

Wie dem auch sei, Gertrud hatte damals den Schüler A. ins Visier genommen und Signale ausgesendet, erst zaghaft, dann immer deutlicher. Tragischerweise gingen

ihre Bemühungen ins Leere. Der Ange-
himmelte, der an einem Aufmerksamkeits-
defizitsyndrom litt, bemerkte überhaupt
nichts von ihrem Getue.

Gertrud ihrerseits unterstellte ihm jedoch Absicht, fühlte sich zurückgewiesen
und tödlich beleidigt. Kein Wunder, hatte
sie doch mit Bedacht ein armes Würstchen
ausgewählt, einen, der es nicht wagen
würde, ihr einen Korb zu geben. Und dann
tat er genau das! Glaubte sie zumindest.
Nach ihrer verquasten Logik beinhaltete
sein Verhalten die Botschaft, dass sie wieder einmal nicht gut genug sei, selbst für
einen Niemand wie ihn. Das sollte er büßen!

Sie reagierte heftig. Ihre vermeintliche
Liebe schlug in bittere Feindschaft um, eine
Feindschaft, entstanden nicht etwa aus einem gebrochenen Herzen, sondern aus ver-
letztem Selbstwertgefühl. Folglich gab es in
dieser Feindschaft nicht das geringste Mit-
leid mit dem vermeintlichen Gegner. Un-
zählige kleine Gehässigkeiten verbreitete
sie hinter seinem Rücken unter den Mit-
schülern. Sie hängte sie an irgendwelchen

Belanglosigkeiten auf und schmückte diese mit überschäumender Fantasie bis zur Absurdität aus. Mit ihm selbst sprach sie keine Silbe.

Dabei bemerkte sie gar nicht, dass sie sich mit ihren Aktivitäten lächerlich machte. Die Tatsache, dass sie irgendwelche wie auch immer gearteten Gefühle für den Schüler A. hegte, wollte sie eigentlich geheim halten. Jedoch konnten aufmerksame Beobachter mit ein bisschen Menschenkenntnis aus ihrem scheinbar grundlos boshaften Verhalten leicht auf ihre Gefühlslage schließen. Gertrud wurde auf diese Weise schließlich zur Zielscheibe gutmütigen Spottes und ihre bereits vorhandenen Minderwertigkeitsgefühle verstärkten sich noch weiter. Alles geschah, ohne dass der ahnungslos im Zentrum stehende Junge irgendetwas mitbekam.

Aus dieser Vorgeschichte erschließt sich, dass bei Gertrud anlässlich ihrer unerwarteten Begegnung alles wieder hochkam. Das erklärt auch, warum sie sich so be-

nahm, wie sie es tat, nämlich, wie man so
schön sagt: zickig.

Die Situation war peinlich, aber es wäre
den Eheleuten noch peinlicher gewesen,
das Lokal jetzt wieder zu verlassen. So ließ
man der Sache ihren Lauf.

Dass Herr A. dann den Rabatt-Coupon
erwähnte, machte die Sache nicht besser. Ja,
es wäre in Ordnung, antwortete Gertrud
unterkühlt und musterte sie wie Gäste
zweiter Klasse. Sie bediente die beiden
fortan noch unfreundlicher, wenn das
überhaupt möglich war.

Es hätte dem Ganzen die Krone aufge-
setzt, wenn Herr A. Gertrud zudem gefragt
hätte, wie sie eigentlich dazu käme, hier zu
bedienen. Aber nein – da bestand keine
Gefahr: So viel Interesse hatte er nicht an
ihr, weder zu seiner Schulzeit noch an diesem Tag.

Irgendwie brachte das Ehepaar die Mahlzeit hinter sich. Geschmeckt hat es ihnen nicht.

Zum Schluss bestellte Herr A. Kaffee für sich und seine Frau. Das hätte er lieber nicht tun sollen. Reichte es ihm denn nicht, wie es bisher lief?

Das Problem, das ihm offenbar nicht bewusst war, bestand darin, dass Kaffee und Bier in Deutschland rituell besetzt sind. Ein solches Getränk gemeinsam zu trinken, wird oft mit dem Eingehen oder Bestätigen einer Bindung gleichgesetzt und alles in Gertrud sträubte sich dagegen, die Bindung zwischen Herrn A. und seiner Frau zu bestätigen. Sie empfand das als neuerliche Demütigung.

Außerdem hätte die Darreichung von Kaffee oder Bier als ein Akt der Freundlichkeit interpretiert werden können. Das fehlte ja noch! Wenn es nach ihr ginge, bekäme Herr A. lebenslanges Kaffeeverbot! Wut stieg in Gertrud auf. Ihre Unfreundlichkeit wich blankem Hass.

Böse funkelte sie Herrn A. an. Wenn Blicke töten könnten, wäre es um ihn geschehen gewesen. Es hat nicht viel gefehlt und sie wäre ihm ins Gesicht gesprungen.

Da trafen zwei Opfer einer vor Jahrzehnten gestörten Kommunikation aufeinander. So etwas löst sich nicht einfach in Luft auf.

Herr A. bekam das zu spüren, aber auch Gertrud konnte einem leidtun. Wie sollte sie sich jetzt verhalten? Sie befand sich in einem inneren Zwiespalt. Am liebsten hätte sie sich schlichtweg geweigert, die Bestellung anzunehmen, aber das hätte sie ihren Job gekostet.

Also kam es zu einer Übersprungshandlung. Sie trödelte so lange herum, bis der Kaffee kalt war. Dann knallte sie Herrn A. die Tasse derart hin, dass der Kaffee überschwappte – Herrn A. direkt auf die Hose! Das hätte sehr schmerzhaft sein können, wenn der Kaffee frisch aufgebrüht gewesen wäre.

So gesehen hatte Herr A. noch Glück im Unglück, dass Gertrud sich mit dem Kaffee so viel Zeit gelassen hatte. Er musste zwar den Ärger hinnehmen, brauchte aber keine Schmerzen zu erleiden.

Auf eine Beschwerde bei der Geschäftsleitung verzichtete er. Er wollte nicht, dass Gertrud seinetwegen Ärger bekam. Nach wie vor verstand er nicht, was um ihn herum geschah. Er hielt Gertruds Unfreundlichkeit für schlechte Laune und den verschütteten Kaffee für ein Missgeschick.

Schnell bezahlte er. Trinkgeld gab er nicht – das wäre selbst ihm unangebracht erschienen. Das Ehepaar erhob sich und verließ fluchtartig die Stätte des Grauens. Im Auto bat Frau A. ihren Mann, sie in Zukunft mit derartigen Rabattaktionen zu verschonen. Da rannte sie offene Türen ein. Auch ihr bekleckerter Ehemann hatte die Nase gestrichen voll.

Ein halbes Jahr später erhielt Herr A. eine Einladung zu einem Klassentreffen seines ehemaligen Gymnasiums.

Er ging nicht hin.

Das Bild

Unerwartet hatte Herr A. von einem entfernten Verwandten ein Bild geerbt. Es gefiel Herrn A. nicht sonderlich, zeigte es doch nur eine langweilige Winterlandschaft mit ein paar Schlittschuhläufern auf einem zugefrorenen Fluss.

Da er nicht wusste, was er sonst damit tun sollte, hängte Herr A. das Bild kurzerhand im Wohnzimmer auf. Seiner Frau gefiel es auch nicht, aber jetzt hing es erst einmal da.

Ein Kollege von Herrn A., der ihn am nächsten Abend besuchte, sah das Bild und war sofort begeistert. Es stellte sich heraus, dass der Kollege, Herr D., alte Bilder sammelte. Herr A. versuchte, das Bild nunmehr mit anderen Augen zu sehen, aber es gelang ihm nicht.

Auch seine Frau zeigt in den nächsten Wochen zunehmende Zeichen von Unmut, die schließlich in den Worten gipfelten: „Das Bild muss weg."

Herr A. erwog einen Augenblick, es seinem Kollegen zu schenken, aber es hatte nach dessen Besuch zuletzt gerade gewisse Unstimmigkeiten zwischen ihnen gegeben, weshalb er nicht unbedingt das Bedürfnis hatte, dem Herrn etwas Gutes zu tun.

Daher beschloss er, das Bild zu verkaufen. Er ging zum bekannten Kunsthändler Goldscheffler, der im Zentrum der Stadt eine kleine Galerie betrieb. Der erklärte sich bereit, das Bild zu schätzen – gegen eine geringe Gebühr von einem Prozent des Wertes. Das erschien Herrn A. günstig und er willigte ein.

Herr Goldscheffler erstellte ein schriftliches Gutachten, in dem er den Wert des Gemäldes auf 10000 Euro schätzte. Es sei in der zweiten Hälfte des 19. Jahrhunderts gemalt worden, von einem zwar nicht berühmten, aber auch nicht unbekannten Maler, akademisch ausgeführt, Öl auf Holz, stilistisch dem Historismus zuzuordnen, eine schöne Rezeption der niederländischen Malerei des 17. Jahrhunderts, im passenden Rahmen aus der Zeit und in einwandfreiem Zustand.

Erfreut wegen des hohen Wertes zahlte Herr A. dem Galeristen die fälligen 100 Euro und fragte, ob dieser denn nicht das Gemälde gleich zum geschätzten Preis übernehmen würde. Augenblicklich verschwand das Lächeln aus Herrn Goldschefflers Gesicht. Er bedaure, säuselte er, aber er kaufe im Moment nicht an, vielleicht in zehn Jahren wieder, man könne nie wissen, es täte ihm leid.

Herr A. suchte daraufhin Kontakt zu einigen weiteren Kunsthändlern, traf aber auf kein Kaufinteresse, zumindest nicht zu einem dem Schätzwert vergleichbaren Preis.

Da er das Bild letztlich doch um jeden Preis loswerden wollte, stellte er es schließlich bei einem Internet-Auktionshaus zum Minimalpreis ein. Der Preis würde dann schon steigen, sagte er sich. Tatsächlich ging der Preis ein wenig in die Höhe, das

Endergebnis lag jedoch mit 650 Euro weit unter seinen Erwartungen.

„Egal", dachte Herr A. „Hauptsache, es ist weg."

Er glaubte, er würde das Bild nie wiedersehen.

Da sollte er sich geirrt haben.

Nach ein paar Jahren war Herr A. bei seinem bilderbegeisterten Kollegen, Herrn D., zum Abendessen eingeladen. Sie hatten sich schon lange wieder vertragen und verstanden sich ausgezeichnet. Als Herr A. das Wohnzimmer des Kollegen betrat, glaubte er, seinen Augen nicht trauen zu können – dort hing das ehemals von ihm verkaufte Bild! Der Kollege erzählte ihm, dass er es in der Galerie Goldscheffler entdeckt und erstanden hatte – zu einem traumhaften Sonderpreis von nur 6500 Euro.

Herr A. irrt sich nie

„Ich hab's gewusst!", rief Herr A., während er die Zeitung niederlegte. „Wieder ein Unfall auf der A9! Seit Jahren sage ich, dass die Strecke zu gefährlich ist. Aber nichts geschieht!"

Herr A. hatte in solchen Fällen immer recht. Und er brauchte das. Fast hätte man ihn als notorischen Nörgler, Schwarzseher und Rechthaber bezeichnen können.

Besonders angetan hatten es ihm die Politiker:

„Warum tun sie nicht mal etwas für den Gesundheits- und Pflegebereich?", regte er sich auf und fügte hinzu: „Wir wollen doch alle einmal alt werden und dann gut versorgt sein."

Seine Frau versuchte, ihn zu beschwichtigen:

„Die Politiker aller Parteien sagen, dass sie etwas gegen die Missstände in diesem Bereich tun wollen."

„Ja, das sagen sie. Das haben sie schon vor zehn Jahren gesagt und das werden sie noch in zehn Jahren sagen."

„Du bist ein Pessimist!"

„Nein, nur ein Realist."

Überall sah er Probleme und dort, wo etwas noch in Ordnung war, suchte er nach Gründen, warum die Dinge dennoch schiefgehen mussten. Oft genug behielt er damit recht – das ist nun einmal Murphys Gesetz.

Er erging sich dann in Klagen, wie dumm die Welt doch sei und wie schlecht und dass er das das dicke Ende schon immer habe kommen sehen. Statistisch gesehen überwogen zwar in Wirklichkeit die positiven Ausgänge, aber seine selektive Wahrnehmung führte dazu, dass er nur die negativen im Gedächtnis behielt.

„Auf mich hört ja keiner!", jammerte Herr A. noch vor sich hin.

„Natürlich nicht!", neckte ihn seine Frau. „Warum sollten wir auch? Du hast dich schon oft geirrt."

„Wann sollte das je gewesen sein?", wollte Herr A. wissen.

„Na, zum Beispiel hast du immer wieder prophezeit, dass die Ehe meiner Eltern scheitern würde. Sie hielt bis zu ihrem Tod."

„Das lag nur daran, dass sie durch ihren Unfall vorzeitig gestorben sind. Hätten sie länger gelebt, hätten sie sich getrennt."

„Das ist eine haltlose Unterstellung. Du bist unmöglich. De mortuis nihil nisi bene."

„Du warst es doch, die deine Eltern in die Diskussion eingebracht hat!"

„Wenn ich gewusst hätte, dass du so primitiv reagierst, hätte ich mich nie darauf eingelassen."

Damit beendete Frau A. das sinnlose Gespräch. Gespräche dieser Art führten sie bisweilen und meistens war es Frau A., die irgendwann keine Lust mehr hatte und vor sich hin schmollte. Herr A., der seine Frau liebte, entschuldigte sich dann für gewöhnlich und sie vertrugen sich wieder.

Herr A. glaubte tatsächlich, sich nie zu irren.

Die Wirklichkeit sah anders aus. Natürlich lag Herr A. mehr als einmal mit seinen Prophezeiungen daneben. Errare humanum est. Nur gab er so etwas nie zu und wollte es wohl auch selbst nicht wahrhaben. Um eine Ausrede war er nie verlegen, so wie bei der Sache mit der Beförderung.

Damals gab es einen handfesten Grund zum Pessimismus für Herrn A. In seiner Firma stand eine Beförderung zum Abteilungsleiter an und jeder glaubte zu wissen, wer es werden würde. Es war ein von Herrn A. ungeliebter Kollege, der kein Geheimnis daraus machte, dass die Abneigung gegenseitig war. Herr A. würde sich auf harte Zeiten gefasst machen müssen.

Selbstverständlich behagte ihm das ganz und gar nicht und er machte zu Hause seinem Ärger Luft.

„Diese Beförderungen sind die reine Ungerechtigkeit. Immer werden die Falschen befördert", wetterte er.

Die Überraschung kam ein paar Tage später: Er war es auf einmal, der befördert wurde. Seine Freude kannte keine Grenzen und er platzte sprichwörtlich vor Stolz, als er es seiner Frau erzählte. Die wiederum wagte, süffisant zu bemerken:

„Ach, das ist ja interessant. Ich erinnere mich noch gut, wie du gegen diese Beförderung protestiert hast. Könnte es vielleicht sein, dass du dich damals ein wenig geirrt hast?"

So leicht gab Herr A. sich nicht geschlagen:

„Das kann man so nicht sagen. Ich habe nur behauptet, dass die Beförderungen in unserem Laden ungerecht sind und die Falschen befördert werden. Wer sagt denn, dass meine Beförderung gerecht war? Vielleicht bin ich gar nicht der Richtige?"

Seine Frau musste lachen: „Mal sehen, was dein Chef dazu sagt."

„Untersteh dich!"

Ein offenes Eingeständnis seines Irrtums konnte man Herrn A. einfach nicht entlocken. Aber auch er würde eines Tages einen Irrtum eingestehen müssen. Dazu mehr in der nächsten Geschichte.

Wie Herr A. einmal spekulierte

„Putz dir die Schuhe ab, bevor du hereinkommst!", tönte es Herrn A. entgegen, als er nach Hause kam. Seine Frau hatte natürlich recht und pflichtbewusst putzte er sich die Schuhe ab.

Wenig später stellte seine Frau das Essen mit den Worten auf den Tisch: „Es ist gar nicht so leicht, etwas Vernünftiges zu kochen – bei dem bisschen Geld, das du nach Hause bringst."

Herr A. bekam ein schlechtes Gewissen. Er verdiente wirklich nicht gerade viel. Aber eine bessere Anstellung war nicht in Sicht. Was sollte er tun? Hatte sein Kollege nicht gerade von einem todsicheren Tipp für die Börse erzählt? Vielleicht sollte er auch einmal spekulieren. Das wäre einer Überlegung wert. So könnte er zu Geld kommen. Gleich am nächsten Tag würde er den Kollegen fragen.

Der Kollege, den er anderntags fragte, sprudelte sofort los: Das Unternehmen Eucomflops sei eine noch unentdeckte Perle und würde bald richtig durchstarten. Der Cashflow sehe gut aus, das Kurs-Gewinn-Verhältnis sei für eine Aktie dieser Art noch recht moderat, kurz: die Aktie deutlich unterbewertet. Hundert Prozent Gewinn seien da locker drin. Das ganz große Geld würde Herr A. allerdings nicht mit einem Direktinvestment machen; dazu müsse er Derivate kaufen. Auf diese Weise hätten andere schon Millionen gescheffelt.

Das hörte sich gut an. Mehr als gut. Herr A. war begeistert und bedankte sich. Die Aussicht, bald in Geld zu schwimmen, beflügelte ihn. Was seine Frau wohl sagen würde, wenn er bald mit den Taschen voller Geld vor ihr stehen würde? Er wollte sie überraschen und ihr jetzt noch nichts von seinen Plänen erzählen. Kaum konnte er erwarten loszulegen. Sobald wie möglich ging er zu seiner Bank, eröffnete ein Wertpapierdepot und orderte 10000 Stück Turbo-Long-Optionsscheine auf Eucomflops. Da er – das war ja sein Handicap – nicht gerade über nennenswerte Mittel verfügte, wählte er einen Schein, der dicht am Geld lag und daher optisch billig war. Dafür bestand allerdings eine Gefahr: Die Knock-out-Schwelle lag in Reichweite eines jederzeit möglichen Rückschlags. Dieses Risiko ignorierte er einfach.

Es kam, wie es kommen musste. Eucomflops fielen, die Knock-out-Schwelle wurde erreicht und Herr A. verlor seinen ganzen Einsatz – ein Totalverlust. Seiner Frau würde er das nicht beibringen können. Er hatte alle ihre gemeinsamen Ersparnisse eingesetzt. Was sollte er tun? Diese Nacht konnte er nicht schlafen. Am nächsten Tag fragte er seinen Kollegen.

„Eucomflops hatten nur vorübergehende Probleme", sagte der Kollege. „Die sind schon wieder ausgestanden – Schnee von gestern. Alle Schwierigkeiten sind in den gefallenen Kursen längst eskomptiert. Auf dem erniedrigten Niveau ist die Aktie ein klarer Kauf. Das solltest du dir nicht entgehen lassen! Damit holst du die Verluste im Handumdrehen wieder herein."

Die Vorstellung, die Verluste auszuglei-
chen und sogar im Gewinn zu landen, gefiel Herrn A. so sehr, dass er entschied, es
noch einmal zu versuchen. Nur hatte er
kein Geld mehr.

Er beschloss, den Schmuck seiner Frau
zu versetzen. Sie würde es vorläufig nicht
merken und in Kürze würde er mit seinen
Gewinnen den Schmuck wieder auslösen.

Er kaufte also nochmals Optionsscheine,
diesmal welche, die tief im Geld standen.
Ein paar Tage lief alles gut. Dann jedoch
gab es abermals schlechte Neuigkeiten. Die
früheren guten Nachrichten von Eucomflops entpuppten sich als maßlos übertrieben. Nichts als heiße Luft. Die Blase platzte
und die Kurse stürzten ins Bodenlose. Da
Herr A. diesmal ein dickeres Polster hatte,
wurde er nicht ausgestoppt wie beim ersten Mal. Dafür liefen die Verluste jetzt immer weiter. Herr A. geriet in Panik. Zu seiner Schlaflosigkeit kam Zittern hinzu, sein
Herz raste, der Solar Plexus strahlte eine
unangenehme Wärme aus. Er schwitzte.

Die Sache wurde nicht besser. Ein Konkurs von Eucomflops lag in der Luft. Die Kurse fielen ins Bodenlose … kein Halten … ein Ende war nicht abzusehen. Herrn A. packte die pure Verzweiflung. Wieder fragte er seinen Kollegen.

„Eucomflops sind passé. Floppelpops muss man jetzt haben", lautete dessen lapidarer Kommentar.

Herr A. geriet völlig aus dem Häuschen:

„Aber Eucomflops waren doch deine Empfehlung! Das kann ja wohl nicht wahr sein! Da hast du mich aber schlecht beraten! Und ich Idiot bin darauf hereingefallen! Was hast du dir nur dabei gedacht? Hast du deine Empfehlung eigentlich selbst gekauft?", wollte Herr A. wissen.

Der Kollege druckste herum, murmelte etwas von einem momentanen finanziellen Engpass.

Es stellt sich heraus, dass der gute Mann mit seinen Spekulationen regelmäßig Schiffbruch erlitt und nach jedem derartigen Fiasko, wenn er selbst kein Geld mehr zum Spekulieren hatte, dazu überging, die ahnungslosen Menschen in seinem Umfeld mit seinen „todsicheren Tipps" zu beglücken. Dabei meinte er es sogar gut. Er glaubte tatsächlich selbst an seine Prognosen. Es mangelte ihm einfach an der Fähigkeit, aus seinen Fehlern zu lernen. Regelmäßig fiel er auf obskure Marktschreier herein, die irgendwelche marktengen Nebenwerte billig einkauften und dann die Kurse hochjubelten, um mit Gewinn wieder verkaufen zu können. Dass er auf so etwas hereinfiel, ließ sich nur aus einer gewissen Gier des Kollegen erklären. Man könnte fast von einer Spielsucht sprechen.

Von dieser Seite konnte Herr A. keine Hilfe erwarten. In seiner hoffnungslosen Situation sah er keinen anderen Ausweg, als die Reißleine zu ziehen und die Eucomflops-Scheine so schnell wie möglich zu verkaufen. Hastig platzierte er eine Bestens-Order und schon war er die Scheine los. Der Restwert war vernachlässigbar. Wiederum hatte er fast alles verloren. Müßig zu sagen, dass der Kurs von Eucom-

flops sich just nach dem Verkauf kurzfristig
etwas erholte. Welch ein Ärger, wenn Herr
A. das mitbekommen hätte! Aber Herr A.
hatte endgültig das Interesse an Eucomflops verloren. Er wünschte, er hätte sich
nie auf dieses Abenteuer eingelassen, und
wollte nichts mehr damit zu tun haben.
Ebenso konnte er für Floppelpops kein Interesse aufbringen, nicht nur, weil er von
der Börse die Nase voll hatte und seinem
Kollegen nicht mehr vertraute, sondern
auch, weil er nun praktisch pleite war.

Den Schmuck seiner Frau konnte er
nicht auslösen.

Es blieb ihm nichts anderes übrig, als
seiner Frau alles zu beichten. Er war am
Boden zerstört – ein Häuflein Elend.

Aber nun begann die Läuterung. Er bereute und seine Frau bewahrte die Fassung.
Ohne viel Worte zu verlieren, verzieh sie
ihm, tröstete ihn und versicherte ihm, dass
der Verlust des Schmuckes sie nicht
schmerze. Eine Zentnerlast fiel von seinen

Schultern. Er atmete auf. Endlich konnte er offen über alles mit ihr sprechen, seine Sorgen mit ihr teilen. Gemeinsam schmiedeten sie Pläne, wie sie in Zukunft auf konventionelle Art Geld sparen konnten. Herr A. schöpfte Zuversicht. Seine Frau baute ihn auf. Sie war der Fels in der Brandung.

Herr A. war dankbar, dass er sie hatte. Nie wieder spekulierte er.

Die lange Wanderung

Obwohl man es ihm nicht ansah, musste man Herrn A. wohl als einen bequemen Menschen bezeichnen. Er bewegte sich höchst ungern. Seine Frau versuchte bisweilen, ihn auf Trab zu bringen.

So auch an diesem Sonntag im Sommer. Bei strahlendem Sonnenschein hatte Herr A. es sich gerade mit einem guten Buch auf dem Sofa gemütlich gemacht, da drängte sie ihn zu einer Wanderung im nahegelegenen Wald.

Widerspruch war zwecklos. Man brach auf, Frau A. in bester Laune, Herr A. mit bemüht fröhlichem Gesichtsausdruck.

Sie fuhren zu einem Wanderparkplatz mitten im Wald. Die beiden hatten vorher auf der Wanderkarte eine Rundwanderung herausgesucht und sich vage eingeprägt. Da der Weg sehr einfach aussah und keiner von beiden Lust hatte, die Karte mit sich zu tragen, ließ man sie im Auto. Sie wollten nicht dauernd nach dem Weg sehen, sondern zügig draufloswandern. So genau kam es ihnen auf die Route nicht an. Sie würden schon zurechtkommen. Los ging's.

Mittlerweile stand die Sonne im Zenit und es wurde richtig warm. Umso angenehmer gestaltete sich das Wandern im Schatten der Bäume. Feierliche Stille umfing sie. Der Wald duftete nach Harz, Moos und Erde. Der Weg verlief romantisch durch den scheinbar endlosen Forst. Es war herrlich. Beschwingt stiefelte das Ehepaar drauflos.

Sie kamen gut voran.

Zahlreiche Weggabelungen erforderten jeweils eine Entscheidung. Hierbei ließen sich die beiden von dem Gedanken leiten, dass sie bei einer Rundwanderung mehr oder weniger einen Kreis gehen mussten und wählten immer den nach rechts führenden Weg.

Genau genommen folgten sie damit Herrn A.s Argumentation, während seine Frau befürchtete, dass auf diese Weise ihr Weg zu kurz werden würde.

So war es denn auch. Nach einer knappen Stunde gelangten sie zu ihrem Ausgangspunkt, worüber Herr A. heimlich sehr erfreut war. Sein ihm angetrautes und von ihm innig geliebtes Eheweib sprach jedoch wie folgt:

„So haben wir nicht gewettet! Die paar Schritte waren ja nur ein Spaziergang, keine Wanderung. Das geht gar nicht! Wir fangen noch einmal an."

Herr A. sackte innerlich zusammen, wagte jedoch nicht, sich zu widersetzen. Also brachen sie erneut auf. Diesmal bestand Frau A. darauf, für eine ganze Weile abwechselnd nach rechts und links zu gehen, um ein großes Stück vorwärts zu kommen. Dann ein paar Mal den rechten Weg, dann wieder abwechselnd den rechten und linken und irgendwann wieder mehrmals nach rechts. Auf diese Weise müssten sie am Schluss in die Nähe ihres Ausgangspunktes gelangen und der Rest würde sich finden.

So wurde es gemacht.

Als sie nach mehreren Stunden schließlich glaubten, jetzt müssten sie eigentlich wieder am Start angekommen sein, fanden sie keinen Anhaltspunkt dafür, wo sie sich befanden. Kein Problem, dachten sie und wollten ihren Standpunkt mit dem GPS lokalisieren. Leider hatten sie jedoch den Akku ihres gemeinsamen Smartphones vorher nicht überprüft und er war natürlich leer.

Dementsprechend herrschte bei der nächsten Weggabelung Uneinigkeit über die Richtung. Einig waren sich beide, dass es jetzt reichte und dass sie baldmöglichst zum Auto zurückkehren wollten.

Herr A. bevorzugte den rechten Weg, Frau A. den linken. Da Frau A. mit dem zweiten Aufbruch ihren Willen durchgesetzt hatte, gab sie diesmal nach und sie folgten dem rechten Weg.

Der linke wäre der richtige gewesen. Er hätte sie geradewegs zum Auto geführt.

Auf dem nun eingeschlagenen Weg dauerte es erheblich länger. Irgendwann trafen sie auf einen Weg, der ihnen bekannt vorkam. Hier waren sie schon gewesen. Offenbar hatte ihre Wanderroute die Form einer Spirale statt eines Kreises angenommen!

Immerhin konnten sie von hier aus den bekannten Weg zurückmarschieren und erreichten nach einer weiteren halben Stunde erschöpft ihr Auto.

Selbst Frau A. hatte nun genug.

Es sollte eine ganze Weile dauern, bis sie ihren Mann wieder zu einer Wanderung überreden konnte.

Der Fremde auf der Hauptstraße

Herr A. dackelte gedankenverloren die belebte Hauptstraße entlang, als ihm unter den vielen vorbeitreibenden Gesichtern eines bekannt vorkam. Er verlangsamte seinen Schritt, nahm Blickkontakt auf und wandte sich leicht seinem Gegenüber zu, während er sein Hirn zermarterte, um wen es sich handeln könnte.

Der andere hatte dieses Problem offensichtlich nicht. Er lächelte breit und streckte Herrn A. die Hand entgegen. Herr A., der noch immer nicht wusste, wen er vor sich hatte, erwog einen Augenblick, die Aktion abzubrechen und weiterzugehen. Damit hätte er aber den ihm unbekannten Bekannten brüskiert. Einen Feind wollte er sich auch nicht machen.

Also blieben beide stehen, schüttelten sich die Hände und Herr A. bereitete sich darauf vor, ein paar Plattitüden auszutauschen, um dann seinen Weg fortzusetzen.

„Hallo, wie geht's, wie steht's?", warf er dem Fremden betont freundlich entgegen. Er erwartete nicht wirklich eine Antwort und glaubte, seine Schuldigkeit getan zu haben, da kam eine überraschend ausführliche Erwiderung:

„Hallo. Danke, jetzt schon besser. Meine Frau Elsa hat mir sehr geholfen. Es war ja zeitweilig eine ziemliche Durststrecke, seit Maik damals aus dem Geschäft ausgestiegen ist. Du erinnerst dich doch an Maik – Maik mit ai?"

Das war eine goldene Brücke. Herr A. würgte hervor:

„Maik? Nein, ich erinnere mich nicht."

„Aber sicher! Du hast ihn auf einer von Annas Partys kennengelernt."

Das musste der gesuchte Anknüpfungspunkt sein: Anna. Herr A. kannte mehrere Annas, konnte sich aber beim besten Willen nicht entsinnen, bei einer von ihnen auf einer Party gewesen zu sein. Oder doch? Da klingelte nichts bei ihm. Um nicht als Schwachkopf dazustehen, murmelte er:

„Ach so, der Maik ... Na dann ... man sieht sich – vielleicht auf einer von Annas Partys."

„Anna ist doch weggezogen. Wusstest du das nicht?"

„Muss mir entfallen sein. Dann eben, wenn es sich das nächste Mal ergibt. Alles Gute! Tschüss."

Der Fremde gewährte ihm nunmehr ungehinderten Abzug. Mit einem „Tschüss" gab er den Weg frei, den er inzwischen geschickt blockiert hatte.

Herr A., der schon befürchtet hatte, von dem suspekten „alten Bekannten" angepumpt zu werden, setzte verwundert seinen Weg fort.

Das kurze Gespräch hatte geradezu vertraut geklungen. Kein Zweifel: Herr A. musste den Kerl irgendwoher kennen. In irgendeinem abgelegenen Winkel seines Gehirns verbargen sich Informationen über diesen Mann, auf die er nicht zugreifen konnte. In Herrn A. reifte der Verdacht, dass er die Bekanntschaft dieses Individuums vielleicht wirklich gemacht und wieder verdrängt hatte, womöglich aufgrund eines schrecklichen Erlebnisses. Oder er war unter Drogen gesetzt worden und hatte alle möglichen Leute kennengelernt, ohne sich später erinnern zu können. Oder aber er hatte eine zweite, ihm tagsüber verborgene Existenz, einen Mr. Hyde, der nachts von ihm Besitz ergriff, wenn er zu schlafen glaubte.

Herr A. fasste den Vorsatz, einen Psychiater aufzusuchen.

Er bekam schon bald einen Termin bei Herrn Dr. Nebel. Bereits beim Betreten der Praxis fühlte er sich sehr erleichtert. Als er an die Reihe kam, schilderte er dem Arzt sein Problem und fragte ihn, was davon zu halten sei. Dieser antwortete mit einer Gegenfrage:

„Was denken Sie denn, was es sein könnte?"

Die daraufhin von Herrn A. vorgetragene Dr.-Jekyll–und-Mr.-Hyde-Theorie hörte er sich interessiert an und verschrieb dem Patienten Medikamente gegen Schizophrenie, zweimal täglich zu einnehmen. Ferner meinte er, dass er ihn unbedingt noch einmal sehen wolle.

Genaugenommen war das nicht die Antwort, die sich Herr A. erhofft hatte. Mehr konnte er hier jedoch nicht erwarten. Wenn er wirklich Genaueres wissen wollte, müsste er den geheimnisvollen Fremden schon selbst fragen, wenn er ihn das nächste Mal traf. Bis dahin würde er sich gedulden müssen.

Es sollte nicht lange dauern.

Wieder geschah es auf der Hauptstraße und wieder weilte Herr A. weitab in Gedanken. Plötzlich ertönte es:

„Hallo, altes Haus! So sieht man sich wieder.“

Der Fremde stand vor ihm. Eigentlich war es ja nun fast schon kein Fremder mehr. Ihre letzte Begegnung war Herrn A. im Gedächtnis geblieben. Mehr über den merkwürdigen Herrn war ihm aber auch in der Zwischenzeit nicht eingefallen.

Herr A. lächelte und sagte:

„Hi. Alles noch in Ordnung mit dir und Elsa?"

„Ja, danke der Nachfrage. Wir erwarten demnächst Nachwuchs. Und wie sieht's bei dir und deiner Frau aus?"

„Ach, wir haben's noch nicht so eilig", antwortete Herr A., um dann – mit einem schlechten Gewissen – nachzuschieben: „Ach, wie blöd, jetzt ist mir gerade dein Name entfallen."

Dieses Geständnis war Herrn A. deutlich unangenehm, aber der andere nahm es unbefangen:

„Ich bin immer noch der Kevin."

„Ja, natürlich: Kevin. Wo hatte ich nur meinen Kopf?! Entschuldige vielmals …

War schön, dich mal wieder zu sehen, Kevin. Schönen Gruß an Elsa."

„Danke. Grüß bitte auch deine Frau von mir!"

„Danke, mach ich. Also dann – Ciao."

„Tschüss."

Zu Hause richtete Herr A. seiner Frau die Grüße aus und fragte, ob sie diesen Kevin kenne. Sie dachte einen Augenblick nach und meinte:

„Kevin… Haben wir den nicht irgendwann auf einer Party kennengelernt? Muss bei Anna gewesen sein, bevor sie weggezogen ist. Ist ja schon eine Ewigkeit her. Der hat damals irgend so ein Geschäft mit einem Maik aufgezogen. Maik mit ai. Wie geht's Kevin denn so?"

Graue Schleier senkten sich vor Herrn A.s Augen. Es gab da eine Welt, die er nicht kannte. Sie nannte sich Vergangenheit. Alle konnten sich erinnern, nur er nicht! Er beschloss, sich von Herrn Dr. Nebel auf Alzheimer untersuchen zu lassen.

Zunächst aber riss er sich zusammen und antwortete auf die Frage nach Kevins Befinden:

„Dem geht's gut. Er wird jetzt Vater."

Seine Frau lachte und neckte ihn:

„Das solltest du dir auch mal überlegen!"

Er nahm sie in den Arm und schäkerte:

„Dann sollten wir bald damit anfangen."

Kindersegen

Das Ehepaar A. hatte sich entschieden: Sie wollten Kinder bekommen. Bald war es so weit. Frau A. erwartete ihr erstes Kind, einen Jungen. Das Ehepaar freute sich riesig darauf.

Andererseits bedeutete das auch das Ende ihres unkomplizierten Lebens in einer Einzimmerwohnung. Hier konnten sie bisher tun und lassen, was sie wollten: in ein- und demselben Zimmer essen, schlafen, arbeiten und chillen, wie man heute sagt.

Ein Kind würde früher oder später ein eigenes Zimmer brauchen. Wenn es weitere Kinder geben sollte, würden sie noch mehr Platz benötigen.

Auch die Wohnlage mitten in der Stadt war nicht unbedingt für Kinder geeignet. Die Kinder der Familie A. sollten in naturnaher Umgebung aufwachsen.

Es führte kein Weg daran vorbei: Sie würden umziehen müssen.

Wenn es für längere Zeit halten sollte – und Kontinuität wünschten sie ihren Kindern –, so wäre das Beste ein kleines Häuschen im Grünen. Das war es, was ihnen vorschwebte, aber finanziell würde es eng werden.

Es lief darauf hinaus, eine günstige Immobilie zu finden, möglichst etwas außerhalb, einerseits, weil sich dort mehr Natur fand, andererseits, weil dort die Preise niedriger lagen. Es sollte aber schon ein kleines Häuschen sein, eventuell mit eigenem Garten.

So etwas zu finden, würde nicht leicht werden. Schön sollte es sein und preisgünstig zugleich – eigentlich die Quadratur des Kreises. Indes stellten sie wenig Ansprüche beim Komfort. Es dürfte durchaus eine ältere gebrauchte Immobilie sein. Beim Wiederherrichten würden sie selbst Hand anlegen.

Um alle Möglichkeiten auszuschöpfen, wandten sie sich an mehrere Makler gleichzeitig und bekamen tatsächlich eine ganze Menge Angebote nachgewiesen.

Nach einiger Suche fanden sie wirklich ihr Traumschloss im Umland.

Schon hatten sie einen Termin beim Notar vereinbart, als sich herausstellte, dass gleich zwei der vielen Makler die nicht unerhebliche Courtage beanspruchten, weil beide ihnen das Objekt genannt hatten. Das konnten sie sich nun wirklich nicht leisten! Der Kauf musste abgesagt werden.

Bei den häufigen Besichtigungen des Objekts war das Ehepaar auch mit den dortigen Nachbarn ins Gespräch gekommen. Sie fuhren nun noch einmal dorthin, um ihren neuen Bekannten das Scheitern des Projekts mitzuteilen. Die Nachbarn bedauerten, dass die beiden nicht zum Zuge gekommen waren, und versuchten zu helfen. Es gab in der Nachbarschaft nämlich ein

Haus, das noch nicht auf den Markt gelangt war.

Bewohnt wurde es wurde von einer alten Dame, die pflegebedürftig war. Es wäre nur eine Frage der Zeit, dass sie ins Pflegeheim ziehen müsste und das Haus frei würde, meinten die Nachbarn. Das Ehepaar möge doch einmal mit den Kindern sprechen.

Die Eheleute wurden dort vorstellig und man war sich von Anfang an sympathisch. Die Kinder der alten Dame, denen die Betreuungskosten über den Kopf zu wachsen drohten, kamen auf eine überraschende Idee: Wie wäre es, wenn das Ehepaar A. das Haus jetzt schon kaufte? Allerdings unter der Bedingung, dass die alte Dame dort ein unentgeltliches Wohnrecht im Erdgeschoss erhielte, bis sie ins Heim wolle. Das Ehepaar könne dann schon im Obergeschoss einziehen. Die Kinder der Pflegebedürftigen hätten auf diese Weise ausreichend Geld für die Pflege ihrer Mutter und die werdenden Eltern hätten langfristig die Möglichkeit, sich weiter auszudehnen, wenn noch mehr Kinder kämen.

Man wurde sich schnell einig. Aufgrund des Wohnrechts bekamen die Eheleute das Haus wesentlich günstiger als ein unbewohntes. Ferner fiel, da sie direkt von den Eigentümern kauften, keine Maklerprovision an. Es war ein Glücksfall.

Alles ging zügig vonstatten, der Vertrag wurde beurkundet, die Finanzierung geklärt und das Haus übergeben. Die glücklichen Käufer renovierten das Obergeschoss.

Das Kind konnte kommen.

Bald war das kleine Bündel da – und damit die Nachtruhe passé. Die Eheleute A. waren in das Häuschen eingezogen, so dass das Baby sein eigenes Kinderzimmer hatte. Das Baby bekam alles, was es brauchte.

Tagsüber genossen es die Eltern, Zeit mit ihrem Baby zu verbringen, aber nachts wollten sie auch manchmal schlafen. Also wurde ein Babyphon installiert. und die müden Eltern hofften, nur von Zeit zu Zeit

von dem kleinen Racker geweckt zu werden.

So einfach gestaltete es sich indes leider
nicht. Der Schreihals gab selten Ruhe.

Zum Stillen musste natürlich Frau A.
ran. Das Fläschchen vorzubereiten und
dem Kleinen zu geben, teilten sie sich: mal
er, mal sie. Wenn aber das Baby wegen
Blähungen oder nur so ohne erkennbaren
Grund schrie, zeigte sich, dass Herr A. den
beruhigenderen Einfluss hatte. Er wanderte
dann stundenlang in der Wohnung hin
und her, das Baby auf der Schulter und
leise vor sich hin summend oder singend.
Es war im Großen und Ganzen eine gerech-
te Aufteilung.

Herr A. musste in dieser Zeit auffallend
oft auf Dienstreise ins Ausland fahren. Frau
A. andererseits wurde öfter als gewöhnlich
krank. Irgendwie schafften sie es trotzdem.

Rudi, so nannten sie ihren Sprössling,
entwickelte sich prächtig, vor allem seine
Stimme. Bald brauchten sie kein Babyphon
mehr. Sein zartes Stimmchen hatte sich zu

einem lautstarken Organ entwickelt, das im ganzen Haus gehört werden konnte.

Das war merkwürdigerweise auch der Zeitpunkt, zu dem die alte Dame im Erdgeschoss den Wunsch äußerte, nun doch ins Pflegeheim zu ziehen.

Im Auto

Herr A. gab Gas und fuhr viel zu dicht auf. Der kleine Toyota vor ihm nervte ihn. Dass der auch mit 100 km/h die linke Spur der Autobahn blockierte! Ja, ja, schon gut, hier galt Tempolimit 100, aber das hieß doch nicht, dass er sich an so etwas halten musste. Er hatte die Lage im Blick und beanspruchte, selbst zu beurteilen, wie schnell er an der Stelle fahren konnte.

Er versuchte es mit der Lichthupe. Einmal, zweimal, dreimal – keine Reaktion.

Dass der andere ihn anscheinend daran hindern wollte, schneller zu fahren, grenzte schon an Nötigung. Ein Schulmeister wohl! Einer, der nicht anders konnte, als die anderen zu belehren. Das hatte ihm gerade noch gefehlt! Dabei hatte der Typ selbst eine Verkehrsregel gebrochen: das Rechtsfahrgebot. Rechts war schließlich alles frei.

„Na dann, wenn du es nicht anders willst …", murmelte Herr A. vor sich hin, wechselte nach rechts und setzte zum Rechts-Überholen an.

„Bist du verrückt?", schrie seine Frau neben ihm. „Du wirst uns noch umbringen!"

Sie klammerte sich an den Haltegriff.

„Keine Sorge, ich habe die Sache vollständig unter Kontrolle", beruhigte Herr A. seine Frau. „Außerdem bin ich nicht der Einzige."

Tatsächlich: Inzwischen war ein Porsche hinzugekommen, hatte sich hinter Herrn A. gesetzt und ungeduldig mit den Hufen gescharrt. Jetzt schickte er sich an, ihm bei seinem Manöver zu folgen.

„Bestimmt auch ein Mann", nörgelte Frau A. „da ist doch eindeutig zu viel Testosteron im Spiel."

Allerdings stellte sie ihre Kommentare ein, als sie tatsächlich erfolgreich an dem Toyota vorbeizogen. Herr A. hatte Vorsicht walten lassen und mit einer nur mäßigen Geschwindigkeitsdifferenz überholt.

Gleich nachdem er den Toyota hinter sich gelassen hatte, erhöhte er das Tempo weiter. Er wollte nicht selbst von dem Porsche überholt werden. Doch mit seinen 70 PS konnte er nicht so beschleunigen, wie er wollte, und der Porsche leitete den Überholvorgang ein. Das war ja zu erwarten gewesen! Herr A. trat das Gaspedal voll durch und beließ es dabei. Der Porsche war jetzt auf gleicher Höhe mit Herrn A., beschleunigte jedoch nicht weiter. Der Fahrer schien Hemmungen zu haben, das Tempolimit um mehr als 40 km/h zu überschreiten und ein Fahrverbot zu riskieren, falls er erwischt werden würde. Auch Herr A. kannte das Risiko, hörte bei 140 km/h auf zu beschleunigen und hielt exakt die Geschwindigkeit. So jagten sie Kopf an Kopf dahin.

In dem Moment blitzte ein rotes Licht auf. Beide gingen vom Gas und ein paar hundert Meter weiter winkte die Polizei die Fahrzeuge in eine Parkbucht hinaus. Das würde teuer werden! Hoffentlich kamen die Polizisten nicht auf die Idee, sie auch noch eines illegalen Autorennens zu bezichtigen!

„Na, bist du jetzt zufrieden?" Die Frage konnte Frau A. sich nicht verkneifen. Herr A. schwieg belämmert.

Während sie dort standen und auf die Polizisten warteten, tuckerte der Toyota gemächlich an ihnen vorbei. Eine junge Frau winkte ihnen freundlich lächelnd vom Fahrersitz zu.

Nur ein Kratzer

Auf dem Parkplatz kamen Herr und Frau A. genau in dem Moment zu ihrem Auto zurück, als die Besitzer des danebenstehenden Autos sich gerade entfernen wollten. Frau A. bemerkte sofort den hässlichen Kratzer an der Beifahrertür ihres Autos und stellte die im Weggehen Befindlichen zur Rede.

Diese leugneten, etwas mit dem Schaden zu tun zu haben. Der Kratzer müsse schon vorher dagewesen sein. Frau A. stellte klar, dass der Kratzer neu sei und im Übrigen genau dazu passe, von der Fahrertür des danebenstehenden Autos beim unachtsamen Aussteigen verursacht worden zu sein.

Die mutmaßlichen Übeltäter beharrten darauf, dass beim Öffnen der Tür diese nur gegen den Gummischutz der anderen Tür geprallt sein könne.

Demonstrieren wollten sie es nicht. Das wäre völlig überflüssig. Man sehe es ja auch so.

Sie wunderten sich weiterhin, dass das Ehepaar so viel Aufhebens um so eine Kleinigkeit mache. Es handele sich doch nur um einen Kratzer. Wenn man wirklich die Schuldfrage schlüssig klären wolle, müsse man ein Gutachten anfertigen lassen. Das koste viel Geld – eine Ausgabe, die bei einer solchen Bagatelle nicht vertretbar sei.

Frau A. fragte ihren Mann, was er darüber denke. Schließlich fuhr er den Wagen.

Herr A. hatte keine große Lust, die Polizei zu rufen, Protokolle auszufüllen, den Wagen zur Begutachtung zu geben, sich mit der gegnerischen Versicherung um die Regulierung zu streiten und schließlich auch noch den Wagen in die Werkstatt zu bringen. Und das alles wegen eines kleinen Kratzers. Es war ja beileibe nicht die erste Blessur ihres Vehikels. Ein paar Kleinigkeiten hatte es schon hin und wieder einstecken müssen, ohne dass Herr A. jedes Mal in die Werkstatt gerannt wäre.

Herr A. neigte zur Bequemlichkeit. Er signalisierte seiner Frau, dass er auf die Auseinandersetzung verzichte, und diese ließ die Gegner ziehen.

Herr A. glaubte doch tatsächlich, aus der Begebenheit gelernt zu haben, wie man Ansprüche aus Bagatellschäden abbügeln könne. Er wollte das anwenden, als er einige Zeit darauf selbst einen ganz ähnlichen Schaden verursacht hatte.

„Das ist ja nur ein Kratzer – nicht der Rede wert", meinte er zum Besitzer des Mercedes, dessen Fahrzeug er beschädigt hatte.

Da war er aber an den Falschen geraten.

„Sie haben wohl noch nie einen Mercedes gefahren?", erwiderte der. „So etwas kann leicht an die 2000 Euro kosten!"

Es half nichts: Herr A. musste seine Versicherung einschalten und diese regulierte den Schaden. Der Mercedes-Fahrer hatte mit seiner Schätzung recht gehabt und Herr A. rutschte in eine ungünstigere Schadensfreiheitsrabattklasse.

Er tröstete sich mit dem Gedanken, dass der gegnerische Fahrer nun den ganzen Ärger mit der Versicherung und der Werkstatt gehabt habe.

Trotzdem wurmte ihn, dass fast der gleiche Schaden einmal reguliert worden war und einmal nicht. Der eine darf ungestraft einen Kratzer machen, der andere nicht. Quod licet Iovi, non licet bovi.

Warum nur musste immer er das Rindvieh sein?

Seelischer Ballast

Obwohl sie selbst überhaupt keine Musik-Enthusiasten waren, glaubten Herr und Frau A., etwas für die musikalische Bildung ihres erstgeborenen Sohnes tun zu müssen. Ausgelöst wurde dieser Wahn dadurch, dass etliche andere Eltern aus ihrem Bekanntenkreis eine übertriebene Aktivität auf diesem Gebiet an den Tag legten – nicht ohne gehörig damit anzugeben. Da konnte man doch nicht zurückstehen!

Rudolf, genannt Rudi, hatte sich zu einem aufgeweckten Grundschulkind gemausert, in den ersten Schuljahren Lesen und Schreiben gelernt und verbrachte nun seine freie Zeit am liebsten vor dem Computer.

Dementsprechend hatte er nicht allzu viel Interesse an der ihm zugedachten Förderung, erklärte sich jedoch auf nachdrückliches Zureden schließlich bereit, Klavierstunden zu nehmen.

Nach nunmehr einem Jahr des Geklimpers sollte er im Rahmen eines öffentlichen Vorspielens aller Schüler der Klavierlehrerin sein erworbenes Können vor Publikum zum Besten geben.

Die stolzen Eltern hatten ihn schon sehr frühzeitig zum Aufwärmen an den Veranstaltungsort gebracht und wollten die verbleibende Zeit vor der Vorstellung für einige Besorgungen in der Stadt nutzen.

Das funktionierte hervorragend. Inzwischen waren sie fertig, befanden sich auf dem Rückweg und waren schon knapp mit der Zeit dran. Aber noch lagen sie im Plan. Da sie mittlerweile über eine Stunde unterwegs waren, musste Frau A. ihren Mann um eine Toilettenpause bitten.

Der sah ihren Termin in Gefahr und wandte ein:

„Du warst doch gerade noch vor dem Losgehen auf der Toilette. Dieser Drang, dauernd auf die Toilette zu gehen, weist auf ein unbewusstes Bedürfnis hin, dich von seelischem Ballast zu befreien. Denk mal drüber nach!"

„So einen Unsinn habe ich ja noch nie gehört. Wenn es hier einen Ballast gibt, der mich stört, dann bist du es", entgegnete seine Frau wütend. „Und jetzt hilf mir gefälligst!"

Pflichtschuldig hielt Herr A. nach einer Gaststätte Ausschau. Bald hatten sie eine entdeckt und fragten um Erlaubnis, die Toilette benutzen zu dürfen. Kurz darauf fühlte sich Frau A. erlöst.

„Jetzt aber schnell", drängte Herr A. „Wenn wir uns beeilen, können wir es noch schaffen."

Der Rückweg zum Veranstaltungsort erwies sich jedoch als zu lang. Es dauerte keine fünf Minuten, bis das nächste Problem auftrat.

Nein, diesmal war es nicht Frau A., die auf die Toilette musste. Es war Herr A. selbst, der sich vor Schmerzen krümmte. Seine Gedärme drohten zu explodieren.

Vielleicht hätte er vorhin doch nicht die Rostbratwurst am Stehimbiss hinunterschlingen sollen. Das war ja wohl nichts: außen verkohlt und innen roh. Zu allem Überfluss hatte das Fleisch reichlich merkwürdig geschmeckt – wahrscheinlich war es verdorben.

Seine Frau hatte ihn noch gewarnt. Aber er hatte nur gelacht und gemeint:

„Die Kohle wird ja wohl die Bakterien des vergammelten Fleisches absorbieren."

Nun, irgendwie hatte das nicht funktioniert.

Jedenfalls drängte der Darminhalt jetzt mit aller Macht nach draußen und Herr A. brauchte dringend eine Toilette.

Das Problem wurde in einem weiteren Restaurant gelöst. Blass, aber erleichtert führte Herr A. anschließend seine Frau zur Aufführung. Sie sagte nichts mehr.

Natürlich kamen sie zu spät zur Vorstellung.

Im Anschluss stellte sich ihnen die Aufgabe, Rudi die Verspätung zu erklären. Das übernahm Frau A.:

„Mein lieber Rudi, wir konnten leider nicht eher da sein, weil dein Vater sich vorher noch dringend von einem seelischen Ballast befreien musste."

Rudi wollte wissen, warum er sich dann nicht auch vom seelischen Ballast des Klavierspielens befreien dürfe.

Die Eltern berieten sich. Gegen den Widerstand des Sohnes den Klavierunterricht weiterhin durchzusetzen, würde sie viel Zeit und Energie kosten. Eigentlich hatten sie dazu keine allzu große Lust. Erleichternd kam hinzu, dass sich im Verlauf des Jahres bereits viele von Rudis Klassenkameraden dem Zugriff der Musik entzogen hatten. Da konnte es doch auch Rudi tun.

So kam es, dass Rudi keine Klavierstunden mehr nehmen musste. Alle waren zufrieden und Herr A. beklagte sich nie mehr, wenn seine Frau eine Toilette brauchte.

Zögerer

Das Ehepaar A. erwarteten ihr zweites
Kind. Es sollte wieder ein Junge werden.
Aus verschiedenen Gründen hatte sich
nach der Geburt von Rudi eine Pause ergeben. Der zweite Sohn kam nun eben später,
aber nicht zu spät.

Die Entbindung ließ auf sich warten. Der
Kleine wollte einfach nicht heraus. Herr
und Frau A. hatten einen halben Tag und
eine ganze Nacht in der Frauenklinik ver-
bracht. Nach langen Wehen, während derer
man die ganze Zeit dachte, jetzt wäre es
gleich soweit, erlöste der Neugeborene seine Eltern erst in den frühen Morgenstun-
den vom Warten. Es war knapp. Die Ärzte
hatten gerade einen Kaiserschnitt erwogen.
In letzter Minute kam der Kleine ihnen zu-
vor. Spät, aber nicht zu spät.

Herr und Frau A. hatten sich während der Wartezeit auf den Namen Maximus geeinigt, kurz Maxi, nach Quintus Fabius Maximus Verrucosus Cunctator, dem berühmten Zögerer, der als römischer Feldherr mit seiner Verzögerungstaktik im zweiten Punischen Krieg so große Erfolge errungen hatte.

Diesen Charakterzug des noch Ungeborenen, spät, aber nicht zu spät zu erscheinen, seine Ankunft – wo auch immer – bis zur letzten Sekunde hinauszuzögern, bewahrte sich Maxi seine ganze Jugend über. Immer und überall kam er genau mit dem Glockenschlag an. In der Schule stürmte er gewöhnlich mit dem Läuten zur ersten Stunde ins Klassenzimmer.

Seine Eltern brachte er damit an den Rand der Verzweiflung. Sie trieben ihn täglich zur Eile, weil sie fürchteten, er würde zu spät kommen, aber er war trotzdem nie im herkömmlichen Sinn „rechtzeitig" fertig. Das heißt, man musste hetzen: Herr A. fuhr seinen Sohn im Auto mit Höchstgeschwindigkeit zur Schule, Maxi düste im Laufschritt hinein – gerade noch geschafft!

Rätselhaft blieb, wie er dieses Timing hinbekam. Lag es nun daran, dass Maxi wegen des Drängens seiner Eltern gerade noch pünktlich kam, oder ließ er sich trotz des Drängens Zeit, weil er wusste, er würde es gerade noch schaffen. Seine Eltern probierten es während seiner Schulzeit nicht aus.

Später, beim Studium, als ihn keiner mehr antrieb, kam er tatsächlich zuweilen zu spät. Jedoch erwies sich das jedes Mal als verkraftbar und änderte nichts an seinen guten Noten. Er musste wohl ein Gespür dafür haben, was er sich leisten konnte und was nicht.

Es ging sogar so weit, dass er bei Bahnfahrten die Verspätungen ausnutzte. In solchen Fällen sah er auf dem Smartphone nach, wieviel Verspätung der Zug haben würde und erschien keine Minute früher als der verspätete Zug am Bahnhof. Er musste Nerven wie Drahtseile haben. Normale Menschen würden das nie verstehen können.

Nie hätte Herr A. es zugegeben, aber er konnte es in gewissem Maße verstehen. Er sah eine gewisse Ähnlichkeit zwischen Maxis und seinem eigenen Verhalten. Auch er ging geizig mit seiner Zeit um und ließ die Zeit vor Terminen schon mal knapp werden, was ihn bei so mancher Gelegenheit in die Bredouille gebracht hatte. So weit wie bei Maxi ging es bei ihm nicht, aber er fühlte eine gewisse Seelenverwandtschaft – kein Wunder beim eigenen Sohn.

Herr A. erlebte nur einmal, dass Maxi zu früh eintraf. Da war der Herr Sohn schon erwachsen. Es handelte sich um die Geburt von Maxis Sohn, Herrn A.s Enkel. Maxi kam zwei Stunden vor dem vereinbarten Termin nach Hause und konnte es dann nicht erwarten, seine Frau in die Klinik zu bringen. Und ausgerechnet bei dieser Gelegenheit war es völlig überflüssig, so früh dran zu sein.

Maxi und seine Frau mussten nämlich auf die Geburt warten, sogar noch länger als Herr und Frau A. seinerzeit bei Maxis Geburt. Das war neu: Diesmal mussten nicht alle auf Maxi warten, sondern umgekehrt war es Maxi, der wartete! Wer hätte das je für möglich gehalten?! Aber so war es: Die Geburt des Enkels verspätete sich gewaltig.

Genau genommen hätte man sich das denken können: Auch der Enkel entpuppte sich als Zögerer.

Tochterprobleme

Aller guten Dinge sind drei. Herr A. hatte als drittes Kind eine Tochter bekommen. Seine Frau hatte ihn von vornherein davor gewarnt, sie zu sehr zu verwöhnen. Töchter hätten ein Talent, ihren Vater um den Finger zu wickeln, sagte sie.

Herr A. gab sich gelassen:

„Keine Sorge. Dagegen bin ich resistent."

Das blieb abzuwarten.

In den nächsten Jahren erlebten Herr und Frau A. den Unterschied von Söhnen und Töchtern. Von ihrer Tochter wurden sie mit Informationen regelrecht überschüttet. War ihren Söhnen auf die Frage, wie dies und jenes verlaufen sei, nur die Antwort „gut" zu entlocken, so hörte Susi – so riefen sie das Mädchen – gar nicht mehr auf zu erzählen, nicht nur grobe Tatsachen, sondern jedes noch so kleine Detail: was dieser gesagt hatte, was jene darauf geantwortet hatte – einfach alles.

Anfangs waren Herr und Frau A. begeistert. Sie hatten ja in dieser Hinsicht geradezu unter Mangelerscheinungen gelitten. Irgendwann aber wurde es sogar ihnen zu viel und sie ertappten sich dabei, wie sie das Geplapper ihrer Tochter auch einmal unterbrachen. So etwas stellte indes überhaupt kein Problem dar; denn bei der nächsten Gelegenheit legte sie unbekümmert wieder los.

Es uferte jedoch erst richtig aus, als Susi sich für Jungen zu interessieren begann. Als sie das erste Mal von einem Jungen schwärmte, hörten ihre Eltern noch wie gebannt zu. Mit diesem Jungen wurde es jedoch nichts und die Eltern trösteten ihre Tochter ausgiebig in ihrem Leid.

Das wäre eigentlich gar nicht nötig gewesen; denn sehr schnell hatte Susi ihren Liebeskummer vergessen und eine neue Flamme entdeckt. So ging es Schlag auf Schlag und die Eltern hörten auf, Buch zu führen.

Schließlich wurde es ernst. Ein paar Jahre waren vergangen und ein junger Mann blieb längere Zeit Susis Favorit. Töchterchen stellte ihn sogar ihren Eltern vor. Während Frau A. ganz angetan von ihm war, meldete Herr A. diverse Bedenken an. Insgesamt schien ihm der junge Mann nicht so recht zu passen.

Kein Problem – Susi würde das schon hinbekommen. Das wäre ja noch schöner!

Und so ging es vor sich:

Susi und ihr Freund hatten ihren ersten handfesten Krach. Herrn A.s nun schon so große Tochter war am Boden zerstört und weinte sich bei Papa aus. Der schmolz dahin und wollte helfen.

Eine Idee hatte er schon: Er buchte eine Kreuzfahrt für die beiden. Susi sollte ihrem Freund sagen, sie hätte die Reise in einem Preisausschreiben gewonnen und Papa würde sie heimlich bezahlen. Um den angeblichen Gewinn nicht verfallen zu lassen, mussten sie gemeinsam verreisen.

Der Plan ging auf. Die beiden zerstrittenen Liebenden gingen auf eine wundervolle Kreuzfahrt und kamen versöhnt wieder zurück.

Herr A. stand wieder einmal als der Held seiner Tochter da. Weil er bei dieser Gelegenheit Töchterchens Partnerschaft gerettet hatte, gehörte es selbstverständlich dazu, dass er auch ihren Partner akzeptierte.

Alles war, wie es sein sollte.

Die antike Vase

Eigentlich wusste keiner mehr so recht, dass sie überhaupt existierte: Herr A. hatte eine antike Vase aus seinem Elternhaus in den gemeinsamen Hausstand eingebracht. Sie fristete ein Schattendasein in einer Ecke, bis Frau A. eines Tages auffiel, dass sie sich gut als Kaminvase eignen würde.

Sie besaßen zwar keinen Kamin, aber einen in die Wand eingelassenen Ofen mit einem Sims darüber, der einem Kaminboard in gewisser Weise ähnelte. Frau A. fand, dass ein Paar Vasen darauf gut wirken würden.

Sie hatten aber nur eine Vase.

Die vorhandene Vase war über hundert Jahre alt und bestand aus Porzellan. Wahrscheinlich hatte es tatsächlich ursprünglich ein Pendant gegeben, das irgendwann heruntergefallen und zerbrochen sein musste.

Frau A. schlug vor, einen Antiquitätenhändler mit der Beschaffung eines passenden Pendants zu beauftragen. Dagegen äußerte ihr Mann Bedenken:

„Das wäre hinausgeworfenes Geld. Solche Händler sind doch völlig überteuert. Wir können genauso gut auf dem Flohmarkt etwas Geeignetes finden."

Da traf es sich gut, dass am darauffolgenden Wochenende ein großer Antik- und Flohmarkt in der Stadt stattfinden sollte. Man beschloss, hinzugehen und nach einer passenden Vase zu suchen.

Am Wochenende schlenderten also Herr und Frau A. über den Flohmarkt. Es war wirklich interessant. Sie erstanden einen Tortenheber aus dem dritten Rokoko, eine neoklassizistische Marmorstatuette der griechischen Göttin Athene und einen neuzeitlichen handbemalten Porzellanwandteller mit impressionistischem Motiv. Der Flohmarktbesuch hatte sich gelohnt.

Andererseits waren sie in der eigentlichen Sache nicht weitergekommen.

Ein neuer Ansatz war vonnöten. Herr A. schlug vor, bei einem Internet-Auktionshaus zu suchen – man weiß schon, welches. Frau A. stimmte zu und sie setzten sich an den Computer. Die Eingabe „Vase" führte zu einer Unmenge von Vorschlägen, die sie mit dem Zusatzbegriff „Jugendstil" einengten. Die Angebote sahen sehr unterschiedlich aus und sie arbeiteten sie durch.

Am meisten ärgerten sie sich über die vielen Angebote, die zwar „Jugendstil" im Titel trugen, aber überhaupt nichts mit „Jugendstil" zu tun hatten. Alles, was nur etwas älter war, wurde einfach dem „Jugendstil" zugeordnet. Vielleicht, weil es sich so besser verkaufte? Oder, weil die Verkäufer es nicht besser wussten? Schwer zu sagen. Das meiste war jedenfalls Müll. Dennoch ließen sie sich nicht entmutigen und legten mit Enthusiasmus los.

Nach zwei Stunden gaben sie auf.

Das Pendant hatten sie nicht gefunden.

Dafür hatten sie ein recht hohes Gebot auf eine rumänische Gallé-Imitation abgegeben. Sie haben später – das sei vorweggenommen – tatsächlich den Zuschlag für dieses Stück erhalten. Nach Bezahlung und Auslieferung verstaute das Ehepaar die Scheußlichkeit in einer Schachtel und vergaß sie.

Ihr ursprüngliches Projekt blieb nach wie vor unerledigt.

Ungern räumte Herr A. es ein, aber er musste sich geschlagen geben. Frau A.s Vorschlag, einen Antiquitätenhändler aufzusuchen, kam letztendlich doch zum Zuge. Man ging zu Herrn Kramer, dem renommiertesten Antiquitätenhändler der Stadt.

Herr Kramer sah sich ihre Vase an und äußerte Skepsis, versprach aber, Nachforschungen zu betreiben. Natürlich kostenlos, wie er großzügig versicherte. Sie könnten in einem Monat wieder vorbeischauen.

Als sie seinen Laden einen Monat später betraten, teilte Herr Kramer ihnen mit, dass seine Suche nach dem exakten Pendant erfolglos geblieben sei. Er habe aber ein Pärchen gefunden, das ihrer Vase sehr ähnlich sehe und böte es ihnen zum Kauf an.

Das Ehepaar A. begutachtete das Pärchen und war von der vorgeschlagenen Lösung durchaus angetan. Sie konnten sogar aushandeln, dass Herr Kramer ihre mitgebrachte Vase in Zahlung nahm.

Als es um die Preise ging, äußerten sie Erstaunen, dass die von Herrn Kramer beschafften Vasen so viel kosten sollten, während ihre eigene so wenig wert sein sollte.

Ihre Bedenken konnte Herr Kramer leicht zerstreuen:

„Ein Einzelstück aus einem Pärchen ist ohne das Pendant praktisch wertlos. Manche Leute laufen auf der Suche nach dem Pendant von Pontius zu Pilatus, nur um dann am Ende zur Einsicht zu gelangen, dass man ein ganzes Pärchen erwerben

muss. Wie lange haben Sie denn schon ge-
sucht?"

Herr A. machte eine wegwerfende Handbewegung:

„Wofür halten Sie uns? Wir hatten uns schon gedacht, dass das eine Aufgabe für einen Fachmann ist. Daher sind wir gleich zu Ihnen gekommen."

Der Nussknacker

Weihnachten ist nicht jedermanns Sache. Auch Herrn A. störten der Konsumterror und die süßliche Sentimentalität. Die Warteschlangen auf der Post, die überfüllten Geschäfte und die vielen Feiern passten ihm überhaupt nicht. Immer wieder hatte er beabsichtigt, dem Fest rechtzeitig in südliche Gefilde zu entfliehen, brachte es aber letztlich doch nie über sich, seine Angehörigen zu enttäuschen: zunächst seine Eltern, dann seine Frau, dann seine Kinder.

Ja, die Kinder – für sie war Weihnachten wichtig. Herr A. erinnerte sich an seine eigene Kindheit: Wie er in der Vorweihnachtszeit die Türchen des Adventskalenders geöffnet hatte! Wie hatte er den Weihnachtsbaum bestaunt, wie sich über die Geschenke gefreut! Mit Weihnachten war der Spaß jedoch noch nicht zu Ende. Zwischen den Jahren war er mit den anderen Kindern aus der Nachbarschaft in kleinen

Grüppchen um die Häuser gezogen. Sie hatten verbotenerweise Knallkörper angezündet und damit allerlei Unsinn getrieben. Passiert war glücklicherweise nie etwas dabei.

Er hatte diese Jahreszeit geliebt.

Irgendwann war dieses kindliche Erleben dem nüchternen Verstand des Erwachsenen gewichen.

Jetzt in der Vorweihnachtszeit konnte aber auch Herr A. sich nicht ganz dem Zauber des Festes entziehen. Letzte Woche hatte das Ehepaar sogar einvernehmlich einen riesigen Nussknacker angeschleppt – offenbar im Erzgebirge hergestellt und mindestens einen Meter hoch. Er sollte wohl einen Soldaten darstellen und sah grimmig drein.

Rätselhaft blieb, wo das Ehepaar ihn erstanden hatte. Von den Kindern zur Rede gestellt, wollte keiner der Eltern schuld an dem merkwürdigen Kauf gewesen sein. Wahrscheinlich musste man jedoch Herrn

A. für die Anschaffung verantwortlich machen. Der Grund ist einfach: Sie hatten die Figur angeblich sehr günstig erworben und jeder wusste, dass Schnäppchen eine Leidenschaft von Herrn A. waren. Wie oft schon hatte er sinnlose Dinge gekauft, nur weil sie günstig waren!

Wie dem auch sei, nun war er einmal da, der knackbereite Kerl. Für den Augenblick konnte man ihn ins bereits vorweihnachtlich dekorierte Wohnzimmer stellen; dadurch stünde er zu Weihnachten direkt neben dem Weihnachtsbaum.

Das Problem offenbarte sich nach Weihnachten. Wohin jetzt mit ihm?

Herr A. meinte, er könne doch gut dort stehen bleiben, wo er gerade seinen Platz gefunden habe. Er sei sehr dekorativ und störe nicht.

Frau A. konnte es kaum fassen:

„Und dann spielen wir permanent Weihnachten wie in Heinrich Bölls bitterböser

Satire ‚Nicht nur zur Weihnachtszeit‘? Ist es das, was dir vorschwebt?“

„Keineswegs“, beruhigte Herr A. seine wütende Frau. „Die übrige Weihnachtsdekoration verschwindet natürlich. Der Nussknacker ist ja nur zufällig mit Weihnachten konnotiert. Eigentlich ist er ein Gebrauchsgegenstand wie jeder andere und nicht an die Jahreszeit gebunden. Man kann sogar ein Osterei in seinem Maul verstecken. Im Erzgebirge werden diese Gegenstände das ganze Jahr über hergestellt.“

„So kannst du nur reden, weil dir Weihnachten nichts bedeutet. Wer Weihnachten wirklich wichtig nimmt, lässt es nicht verwässern, indem er die Symbole außerhalb der Weihnachtszeit verwendet.“

„Das macht doch jeder! In den Regalen der Geschäfte findest du Weihnachtsartikel schon ab August. Und wenn du keine Lust hast, im Sommer Dominosteine zu kaufen, hast du Pech gehabt. Zu Weihnachten gibt es keine mehr.“

„Darüber ärgere ich mich auch. Diese Geschäftemacher sind aber nicht mein Maßstab.“

„Und wie ist es mit der Natur? Stören dich auch die Tannenbäume im Wald? Die stehen das ganze Jahr da.“

„Aber sie sind nicht geschmückt.“

„Das Wesentliche am Weihnachtsbaum ist der Baum, nicht der Schmuck. Christbaumschmuck ist sowieso nur Kitsch. Weihnachten sollte ein christliches Fest ohne Schnickschnack sein.

Da sind wir nämlich beim wirklichen Verwässern. Der ganze Budenzauber verwässert nur die christliche Bedeutung von Weihnachten. Wer das Christentum wirklich wichtig nimmt, verzichtet auf den Rummel.“

„Ich bin gläubige Christin und mag trotzdem Weihnachten mit allem Drum und Dran.“

„Aha, du bist also für christlichen Kitsch. Wie wäre es in dem Fall, wenn wir in der weihnachtsfreien Zeit statt der Weih-

nachtsdekoration christliche Erbauungsbil-
der in der Wohnung aufhängen?"

„Keine Bigotterie! Dann schon lieber den
Nussknacker."

Das entschied es: Der Nussknacker bekam seinen Dauerplatz im Wohnzimmer.

Tennis

In seiner Freizeit spielte Herr A. gelegentlich Tennis. Das Schicksal wollte es, dass er demselben Tennisverein angehörte wie Herr Z., der Inhaber der Firma, in der das Ehepaar A. arbeitete.

So konnte es auf die Dauer nicht ausbleiben, dass die beiden Herren zu einem Match aufeinandertrafen. Herr A. wusste, was sich gehört, und ließ den Firmeninhaber gewinnen. Dem schien das zu gefallen und so spielten die beiden öfter miteinander. Immer gewann Herr Z.

Während dieser Zeit stieg Herr A. in den Führungsstab der Firma auf und arbeitete Herrn Z. direkt zu. Seine Zukunft sah rosig aus.

Das sollte sich ändern.

Eines Tages stellte Herr Z. sich bei einem Match so ungeschickt an, dass Herr A. bald in Führung lag. Herr A. ahnte, was kommen würde, sträubte sich dagegen, konnte jedoch nicht allzu viel tun, ohne dass es aufgefallen wäre. Herr Z. andererseits wurde immer missgelaunter und damit auch unkonzentrierter. Das gab schließlich den Ausschlag.

Bald stand ein Matchball für Herrn A. an. Er servierte so, dass Herr Z. keine Schwierigkeiten hatte, den Ball anzunehmen und scharf zurückzuspielen. Herr A. beabsichtigte, seinen Return ins Netz zu schlagen. Er zielte aber zu ungenau, so dass der Ball sich zum Netzroller entwickelte, unerreichbar für Herrn Z. Das Match war gelaufen und Herr A. hatte es wider Willen gewonnen.

„Das kann ja mal passieren“, redete Herr A. sich ein. „Mal darf ich doch auch gewinnen! War ja keine Absicht. So schlimm wird es schon nicht sein.“

Da sollte er sich geirrt haben. Herr Z. erwies sich als schlechter Verlierer. Er gratulierte Herrn A. zwar mit zusammengebissenen Zähnen, ging dann aber grußlos vom Platz.

Bald darauf wurde Herr A. in die Versandabteilung versetzt und durfte von nun an nur noch Adressen verwalten. Das kam einer Degradierung gleich. Erst wollte er sich damit nicht abfinden. Womit hatte er das verdient? Was hatte er denn so Schlimmes getan? Ein Gespräch mit Herrn Z. würde das sicher klären. Obwohl er eigentlich keinen Grund erkennen konnte, wäre er gern bereit gewesen, sich zu entschuldigen, doch erhielt er dazu keine Gelegenheit mehr.

Der Firmeninhaber spielte nicht mehr Tennis mit ihm und war auch sonst für ihn nicht zu erreichen. Herr A. konnte nur einen Termin bei Herrn Z.s Stellvertreter bekommen. Der vertröstete ihn:

„Sie wissen doch, dass die Firma mit Schwierigkeiten zu kämpfen hat. Selbst betriebsbedingte Kündigungen sind nicht mehr ausgeschlossen. Aber noch ist es ja nicht so weit. Jeder muss seinen Teil beitragen und Opfer bringen. Da können auch Sie keine Ausnahme machen."

Die Sache schien aussichtslos. Herr A. besprach sich mit seiner Frau. Sie hatte das Ohr am Puls der Geschäftsleitung, weil sie gute Kontakte zu den Chefsekretärinnen pflegte. Ihre Aussage hätte klarer nicht sein können:

„Es sieht schlecht aus. In dieser Firma wirst du auf keinen grünen Zweig mehr kommen. Du musst dir einen neuen Job suchen. Ich werde dir folgen."

Also begab sich Herr A. auf Stellensuche. Dazu mehr in der nächsten Geschichte.

Die neue Chefin

Herr A. stand auf dem Flur des fünften Stockwerks eines Bürokomplexes und wusste nicht weiter. Er hatte sich bei dieser Firma beworben, weil er sich beruflich verbessern wollte. Heute um 10 Uhr hatte er seinen Vorstellungstermin bei einer Frau Dr. von Erlau in Zimmer 5.3-1/3. Es war fünf Minuten vor 10 und er befand sich – da war er sich sicher – im richtigen Stockwerk. Alle Zimmernummern hier begannen mit 5. Nur die weiteren Ziffern der Zimmernummern ergaben keinen Sinn für ihn. Er vermochte das Bezeichnungssystem der vielen Flure nicht zu durchschauen.

Die Flure waren belebt, aber er wollte sich nicht die Blöße geben, jemanden zu fragen. Nachdem er eine Weile hin und her geirrt war, wurde er plötzlich angesprochen. Eine Schreckschraube (unwillkürlich

musste er sie im Stillen so titulieren) fragte
ihn, ob sie ihm helfen könne.

„Nein, danke. Ich komme zurecht", be-
eilte sich Herr A. zu versichern und sah zu,
dass er weiterkam.

Er entschloss sich, systematisch vorzu-
gehen und ging alle Zimmer der Reihe
nach ab. Tatsächlich, nach einer Viertel-
stunde hatte er Zimmer 5.3-1/3 gefunden,
klopfte an und trat nach Aufforderung ein.
Es war das Vorzimmer von Frau Dr. von
Erlau und die Sekretärin bat ihn, Platz zu
nehmen, bis Frau Dr. von Erlau Zeit für ihn
hätte.

Das gab Herrn A. Gelegenheit, sich eine
Begründung für seine Verspätung auszu-
denken, falls er danach gefragt werden
würde. Dass er mit dem System der Zimmernummern nicht zurechtkam, würde er
sicher nicht zugeben. Er entschied sich für
einen Stau, in dem er festgehangen hätte.

Dann wurde er aufgerufen. Er betrat ein
großzügig angelegtes Büro und stand – der
Schreckschraube gegenüber! Sie begrüßte

ihn freundlich, stellte sich als Frau Dr. von Erlau vor, erinnerte ihn an ihre kurze Begegnung im Flur und sagte ihm ohne Umschweife auf den Kopf zu, dass er nicht der erste Mann sei, der Schwierigkeiten habe, nach dem Weg zu fragen. Das sei ein bekanntes gendertypisches Verhalten.

Auf diese Weise wollte sie wohl das Eis brechen. Das Gegenteil trat ein. Herr A. fühlte sich auf den Schlips getreten und ging in Abwehrstellung. Sein Adrenalinspiegel stieg und jagte den Blutdruck in die Höhe. Er konnte es nicht lassen, ihr Kontra zu geben:

„Dafür ist die von Ihnen vorhin praktizierte prosoziale Dominanz typisch weiblich.“

„Und welches Verhalten ist nun zielführender?“

„Das hängt von der Situation ab. Im Dschungel kann man auch nicht nach dem Weg fragen.“

„Glücklicherweise befinden wir uns nicht im Dschungel, sehr verehrter Herr A. Außerdem darf ich Sie darauf hinweisen, dass Ihr Bedürfnis, das letzte Wort zu haben, auf einen erhöhten Testosteronspiegel hinweist. Halten Sie sich zurück!"

Herr A. wollte schon mit der Frage zurückschießen, woher denn sie das ganze Testosteron nähme, als er gerade noch zur Besinnung kam. Ihr letzter Satz war mehr als deutlich gewesen. Es ließ sich klar erkennen, dass er seine Chancen verbessern würde, wenn er sich kleinlaut gab. Schließlich wollte er ja unbedingt die Stelle ergattern.

Also schluckte er seinen Ärger herunter, schraubte sein Selbstwertgefühl zurück und schwieg.

„Wenn ich wirklich die Stelle in dieser Firma bekomme", dachte er, „kann ich nur hoffen, dass ich nichts mit der Schreckschraube zu tun haben werde."

Nachdem er sich zusammengerissen hatte, stellte er sich beim nun folgenden Gespräch durchaus gut an. Alles schien zu passen.

Am Schluss eröffnete ihm Frau Dr. von Erlau: „Gratuliere: Sie haben die Stelle. Am nächsten Ersten fangen Sie an, in Abteilung 3, wie besprochen. Abteilung 3 wird übrigens von mir geleitet. Ich bin Ihre neue Chefin."

Krankheit

Seine Chefin hatte Herrn A. mit Arbeit zugeschüttet wie selten. Er erschien als Erster morgens im Büro und verließ es als Letzter spät in der Nacht. Selbst im Bett vor dem Einschlafen war er noch mit dem Laptop zu Gange, ebenso morgens vor dem Aufstehen. Er aß zu wenig, bewegte sich zu wenig, schlief zu wenig.

Seine Frau machte sich Sorgen und bat ihn, mehr auf seine Gesundheit zu achten. Zu allem Überfluss grassierte auch noch die Grippe und überall traf man auf Erkältete. Das Unvermeidliche geschah: Herr A. erkältete sich.

Es war eigentlich nichts wirklich Ernstes, aber Herr A. „litt" entsetzlich. Sonst fast nie krank, konnte er sich mit den Symptomen nicht abfinden, klagte und jammerte in einem fort. Seine Frau tat alles, um ihm die Krankheit zu erleichtern und war ununterbrochen für ihn da.

So konnte nicht ausbleiben, dass sie sich selbst ansteckte. Sie ließ sich jedoch nichts anmerken und sorgte weiter für ihren Mann. Der bemerkte in seinem Selbstmitleid gar nicht, dass es seiner Frau fast schlechter ging als ihm.

Er spürte nur, dass sein Fieber zu steigen begann und machte Pläne für sein Begräbnis.

Als er seine Frau einweihte, versuchte diese, ihn auf den Boden der Tatsachen zurückzubringen:

„Du hast nur eine Erkältung. Daran stirbst du nicht. Das Fieber klingt bald wieder ab. Dann fühlst du dich besser."

Herr A. ließ sich jedoch nicht beirren. Ein Testament hatten seine Frau und er schon vor langer Zeit verfasst und es gab nichts zu aktualisieren. Was noch fehlte, war eine Lebensversicherung.

„Ob die mich in meinem Zustand überhaupt noch versichern?", fragte er seine Frau.

„Keine Sorge. Die nehmen dich mit Kusshand. Es ist ein super Geschäft für sie", erwiderte sie lachend.

Immerhin bekam Frau A. auf diese Weise eine zusätzliche Absicherung. Man kann nie wissen.

Herr A. wurde zu seiner Überraschung bald wieder gesund. Es dauerte nur ein paar Tage und er hüpfte quicklebendig durchs Zimmer. Er hatte es jetzt auch nicht eilig, ins Büro zurückzukommen und schöpfte seine Krankschreibung voll aus.

Dann kam irgendwann doch der Tag, da er wieder in der Firma erscheinen musste und sich bei seiner Chefin zurückmeldete.

Die freute sich, ihn gesund zu sehen und fragte:

„Sind Sie jetzt wieder so einsatzbereit wie vorher?"

Jetzt war Herr A. wieder der Firmensoldat, der keinen Schmerz kennt. Er antwortete im Brustton der Überzeugung:

„Es geht mir sogar besser als vorher."

Das hätte er lieber nicht sagen sollen.

Herr A. macht eine Diät

Letztens hatte Herr A. etwas Übergewicht angesetzt. Er selbst hielt es für kaum der Rede wert, aber sein Arzt, Herr Dr. Knochenbrech, hatte ihn eindringlich ermahnt abzunehmen. Bluthochdruck, Arteriosklerose, Herz-Kreislauf-Erkrankungen, orthopädische Beschwerden, Fettleber – die Liste drohender Erkrankungen war lang.

Also entschloss sich Herr A. zu einer Diät. Es sollte nicht so ein Zirkus werden wie in den Frauenzeitschriften – mit irgendwelchen komplizierten Vorschriften. Er würde einfach weniger essen und damit basta.

Nach ein paar Wochen musste Herr A. feststellen, dass er kein Gramm abgenommen hatte. Im Gegenteil, wenn man es genau nahm, hatte er geringfügig zugenommen.

Die Waage hatte er überprüft. Sie war in Ordnung.

Offenbar hätte er konsequenter sein müssen, strenger mit sich selbst. Wenn er eine Hauptmahlzeit ausgelassen hatte, hatte er sich meist mit unzähligen kleinen Häppchen belohnt. So ging das nicht weiter.

Jetzt würde er ernst machen.

Er besprach die Sache mit seiner Frau. Die hatte sofort eine Lösung parat:

„Vielleicht reicht es schon, wenn du abends kein Bier mehr trinkst", schlug sie vor.

Herr A. dachte an den Stammtisch und die Bierchen vor dem Fernseher. Verdrossen stimmte er dennoch zu und zog es tatsächlich durch.

Abgenommen hat er dadurch nicht.

Er erwies sich eben als ein Lebenskünstler, trank beim Stammtisch statt des Bieres einen Fruchtcocktail, alkoholfrei zwar, aber nicht kalorienfrei. Vor dem Fernseher tröstete er sich diversen Knabbereien. Er konnte das Bier mühelos ersetzen. Das Problem des Abnehmens löste er allerdings auf diese Weise nicht.

An seiner Flexibilität musste jede Vermeidungsdiät scheitern. Selbst als er aufgrund eines Zahnproblems eine Zeit lang nicht kauen konnte, umging er das Problem dadurch, dass er erstaunliche Mengen von Quarks, Cremes, Puddings und diversen pürierten Mahlzeiten zu sich nahm. Der Verzicht auf das Eine rechtfertigte in seinen Augen ein Mehr von dem Anderen. Er glaubte ein Recht zu haben, sich den Verlust auf diese Weise zu versüßen.

Schließlich wurde Frau A. energisch:

„Du musst das Essen durch etwas Kalorienfreies ersetzen!"

Herr A. war ratlos:

„So etwas geht nur, wenn es auch schmeckt. Vielleicht sollte ich anfangen zu rauchen?"

„Das ist ja noch ungesünder als das Übergewicht. Da hättest du die Wahl zwischen Pest und Cholera."

Zum Entsetzen von Herrn A. brachte Frau A. nun einen ganz anderen Vorschlag aufs Tapet:

„Du musst dich vom Gedanken ans Essen ablenken. Vielleicht sollte ich mal mit deiner Chefin reden, dass sie dir mehr zu tun gibt."

„Spinnst du? Ich habe genug Stress. Soll ich wieder krank werden? Zu viel Stress ist bekanntlich auch ungesund."

„Na gut. Dann bleibt nur eins übrig: Du musst rigoros fasten!"

„Ich versuche es mal mit der Halbtagsdiät: Nur vormittags essen, nachmittags nichts mehr."

Gesagt, getan. Herr A. hielt die Diät durch und nahm auch ein wenig ab, schon weil der Magen morgens beim Wiegen leer war, wenn er in der zweiten Hälfte des Vortages nichts mehr gegessen hatte.

Nach dem Verlust der ersten zwei Kilos ging es jedoch nicht weiter. Besonders der mittägliche Nachtisch geriet bei Herrn A. derart üppig, dass er damit so viel aß wie sonst am ganzen Nachmittag. Dadurch konnte er tatsächlich den Nachmittag durchhalten. Kalorienmäßig allerdings erwies sich die Diät damit als Nullsummenspiel: Sie brachte nichts. Weitere Fortschritte gab es nicht.

Der Durchbruch kam ganz unerwartet.

Herr A. las im Internet, dass neuere Forschungen ergeben hätten, dass Übergewicht gar nicht so gefährlich sei wie bisher angenommen.

Er zeigte den Artikel seiner Frau, die zwar skeptisch war, es aber bei dem Hinweis beließ, er solle die Sache mit seinem Arzt besprechen.

Das war jetzt das letzte Hindernis für Herrn A.: das Gespräch mit Herrn Dr. Knochenbrech.

Herr A. bereitete sich gründlich vor. Er wusste, dass er seinem Arzt nicht mit einer Meldung aus dem Internet kommen konnte. Also recherchierte er weiter und fand einen Artikel in einer renommierten Fachzeitschrift, geschrieben von Wissenschaftlern einer angesehenen Universität in den USA, welche die Meinung vertraten, mäßiges Übergewicht sei nicht unbedingt behandlungsbedürftig.

Natürlich fand er auch Artikel, die auf dem Gegenteil bestanden. Sein Argument würde aber sein, dass das Problem umstritten und nicht endgültig gelöst sei.

Das Gespräch mit Herrn Dr. Knochenbrech verlief sachlich und entspannt. Der Arzt ging zwar nicht von seiner Position ab, stellte ihm aber frei, auf eigene Verantwortung das Gewicht zu wählen, mit dem er sich wohlfühle.

Jetzt ging alles sehr schnell. Ein paar Tage lang ertappte Herr A. sich noch, wie er ans Kaloriensparen dachte; dann aß er wieder völlig normal.

Die Krise war bewältigt.

Sechs Monate später ließ Herr Dr. Knochenbrech seinen Patienten im Rahmen einer umfassenden Routineuntersuchung noch einmal wiegen. Herr A. erwartete, ein wenig zugenommen zu haben. Zum seinem großen Erstaunen hatte er jedoch im Gegenteil etwas Gewicht verloren. Herr A. versuchte gar nicht erst, das zu verstehen.

Herr Dr. Knochenbrech indes war hocherfreut und gab ausdrücklich sein Placet zu Herrn A.s neuer Lebensführung.

Ein ganz großes Tier

Herr und Frau A. waren zu Gast auf einer Grillparty. Meistens kannten sie auf solchen geselligen Zusammenkünften einige der anderen Gäste, aber hier war es anders. Sie hatten die Gastgeber erst kürzlich kennengelernt und der Bekanntenkreis des jungen Pärchens war ihnen noch fremd. Aber sie würden die Damen und Herren schon kennenlernen. Nach der Begrüßung stellten die Gastgeber sie einigen Leuten vor und sie kamen mit ihnen ins Gespräch.

Als Frau A. dann in einem Frauengespräch mit einer der Herumstehenden hängenblieb, suchte sich Herr A. ein ruhiges Plätzchen auf einer Bierbank und blieb dort sitzen.

Seine Frau schlenderte indessen gemeinsam mit ihrer neuen Freundin zu einem kleinen Frauengrüppchen und bald war von dort fröhliches Gekicher zu hören.

Auf der Bank hockten mit Herrn A. noch ein paar weitere Männer wie die Spatzen auf der Stange. Mal ging einer weg, mal kam einer hinzu. Sie redeten nicht viel. Zunächst aßen sie ihr Steak bzw. ihre Bratwurst, dann tranken sie ihr Bier. Ab und zu machte einer von ihnen eine Bemerkung zur Politik oder zum Sport und erntete dafür zustimmendes Gemurmel. Einer prahlte mit seinem neuen Auto. Dann ging es um die Vor- und Nachteile von Elektroautos. Es handelte sich nicht gerade um tiefgründige Gespräche.

Ein paar Witze wurden zum Besten gegeben. Sie gehörten oft in den zweideutigen Bereich, konnten teilweise sogar als derb bezeichnet werden und verletzten immer wieder die Political Correctness. Herr A. bemühte sich, die Balance zu halten zwischen der Ablehnung, die ihm seine Erziehung zu gebieten schien, und geselligem Mitlachen, das er für angebracht hielt. Es kam ein verlegenes Grinsen heraus.

Als er selbst gebeten wurde, einen Witz zu erzählen, überlegte er einen Augenblick, was in dieser Herrenrunde thematisch passen könnte. Schließlich fragte er, wer eventuell den Tarantino-Witz aus „Desperado" noch nicht kenne. Tatsächlich wollten einige ihn hören und Herr A. referierte ihn, wobei er sich redlich um eine gemäßigte Ausdrucksweise bemühte. Er erntete ein paar Lacher, freute sich und trank einen Schluck Bier.

Danach glaubte er, seine Schuldigkeit getan zu haben, und hielt sich ein wenig zurück. Dennoch lachte er gern weiterhin mit. Es herrschte eine angenehme Atmosphäre – Herr A. fühlte sich wohl.

Richtig lebendig wurde es, als ein quirliger Typ zu dem Haufen stieß, eine Art Geselligkeitskünstler, der im Lauf des Abends mit fast jedem auf der Party sprach, überall einen Kalauer zum Besten gab (wahrscheinlich immer denselben) und über Gott und die Welt lästerte. Er redete auch über die anderen anwesenden Gäste allerlei Unsinn, wenn sie ihn gerade nicht hören konnten, ja sogar über den Gastgeber. Er meinte es nicht böse – man kennt diese Leute: Sie wollen nur unterhaltsam sein.

Doch Herr A. fühlte sich nicht wohl, wenn über andere in seiner Gegenwart hergezogen wurde. Er verteidigte den Gastgeber und störte damit den Gesprächsfluss.

Der Gesprächskünstler ging dazu über, ihn nach seiner Lebensgeschichte zu befragen. Auch das behagte Herrn A. nicht sonderlich, da er den Frager überhaupt nicht kannte. Er erzählte ein paar unverfängliche Episoden aus seinem Lebern, achtete aber darauf, keine Namen preiszugeben. Der andere fragte nach seinem Beruf. Herr A. antwortete kryptisch, konnte aber auf Nachfassen nicht leugnen, dass er Personalverantwortung trug. Das reichte dem Frager und er verschwand wieder.

Inzwischen hatte der Alkohol die Zunge seines Sitznachbarn gelockert und er begann, über sein Leben zu jammern. Herr A., der mit seinem Leben eigentlich recht zufrieden war, konnte zwar nicht vollen

Herzens mit einstimmen, ging jedoch darauf ein. Zunächst begnügte er sich damit, zuzuhören und sich dann und wann mitfühlend zu äußern.

Nach einer Weile fühlte er sich sogar bemüßigt, dem anderen vorsichtig einen Ratschlag zu geben. Dabei entstand nur das Problem, dass jener nicht zugeben konnte, nicht schon selbst auf diese Lösung gekommen zu sein. Er erklärte Herrn A. ausführlich, warum es so nicht funktionieren konnte. Herr A. machte einen neuen Vorschlag und wieder wurden Einwände vorgebracht. Dieses Spielchen spielten sie eine Weile, bis es Herrn A. reichte. Er beendete den Dialog, indem er seinem Gesprächspartner zugestand, dass er es wirklich nicht leicht hätte und dass man da wohl auch nichts machen könne. Beide bekräftigten das mit einem Kopfnicken. Dann stießen sie mit ihren Bierkrügen an und nahmen einen großen Schluck. Im Anschluss beobachteten sie ihre Umgebung und gaben ihren Senf dazu.

So fiel Herrn A. auf, dass der Gute-Laune-Verbreiter, der ihn vorhin interviewt hatte, zu der Frauengruppe getreten war, bei der auch seine Frau stand. Er schien dort willkommen zu sein; denn anscheinend hatte er wieder allerlei Interessantes über die anderen Gäste zu erzählen, was Herr A. daraus ersehen konnte, dass sich die Blicke der Gruppe mal dieser, mal jener Person zuwandten. Insbesondere die Herrenriege nahm er ins Visier. Auch auf ihn, Herrn A., zeigte er im Verlauf seiner Rede und begann zu lachen. Herr A. nahm sich vor, seine Frau später zu fragen, was es so Lustiges an ihm gebe.

Sein Sitznachbar folgte seinem Blick und bemerkte:

„Da ist ja der Knallkopp von vorhin. Scheint, als ob er über uns spricht."

Herr A. konstatierte:

„Scheint mir auch so. Das ist eigentlich schon eine absolute Frechheit. Andererseits sprechen wir auch über ihn."

Um die Sache auszukosten, machten sie sich mit ein paar harmlosen Späßchen über das Plappermaul lustig. Das hatte der Kerl wohl verdient.

Langsam wurde es spät und die ersten Gäste gingen. Herr A. hätte nichts dagegen gehabt, auch zu gehen, aber seine Frau schien sich noch prächtig zu amüsieren. So wartete er, bis sich auch ihr Grüppchen auflöste und sie ihm Zeichen gab, dass sie zum Aufbruch bereit sei.

Im Auto wollte er dann endlich wissen, was sie über ihn geredet hätten. Seine Frau informierte ihn:

„Kalli – so dürfen wir ihn jetzt nennen – hat erzählt, dass du ein Moralapostel und Erbsenzähler seiest. Das läge wahrscheinlich an deinem Beruf. Du arbeitetest bei irgendeiner obskuren Behörde, wo du offenbar eine Verschwiegenheitserklärung hättest unterzeichnen müssen. Deshalb könntest du keinen Muckser machen, ohne Angst zu haben, du könntest ein Staatsgeheimnis verraten. Aber du seiest gut in dem, was du tust, und in deiner Behörde ein ganz großes Tier."

„Das hast du doch hoffentlich richtigge-stellt?!"

„Warum sollte ich? Für mich bist du ein ganz großes Tier."

Die Sache mit den Igeln

Leider gibt es jedes Jahr zahlreiche Igel, die den Winter nicht überleben, weil ihr Fettvorrat nicht ausreicht, um sie über den Winterschlaf zu bringen. Das hatte Frau A. dazu bewogen, jedes Jahr kurz vor Wintereinbruch die Igel in ihrem Garten, die ihr zu klein vorkamen, zu wiegen und jene, deren Gewicht nicht ausreichte, in ihren Keller aufzunehmen. Dort fütterte sie sie dann durch, um sie im nächsten Frühjahr wieder auszusetzen.

Herr A. begleitete seine Frau ab und zu bei der Fütterung und fand die kleinen Igel niedlich.

Die Arbeit, insbesondere das Reinhalten des Käfigs, störte Frau A. jedoch mit der Zeit. So kam sie dieses Jahr auf die Idee, die Igel im Garten schon im Herbst ordentlich zu füttern, damit sie fett genug für den Winter würden.

Kleine Schälchen mit Katzenfutter und Bananen wurden hinausgestellt. Das Highlight aber stellte das eigens für diesen Zweck von Frau A. zubereitete Rührei dar.

Es konnte nicht ausbleiben, dass Herr A., der Rührei für sein Leben gern aß, eines Tages dem Duft des brutzelnden Gerichts in die Küche folgte und seine Frau fragte, ob das Rührei für ihn bestimmt sei. Er glaubte, die Antwort zu kennen und fügte hinzu, dass dies sehr fürsorglich von ihr sei. Sie wisse ja, wie gern er Rührei möge, und dass er im Augenblick ein wenig Aufmunterung gut gebrauchen könne.

Frau A. brachte ihn auf den Boden der Tatsachen zurück:

„Hör auf zu fantasieren! Du weißt ganz genau, dass du bei deinen Cholesterinwerten kein Rührei essen darfst. Das Rührei ist für die Igel."

Sie erklärte ihm, was es mit dem Rührei auf sich hatte, und Herr A. musste zugeben, dass es sich vernünftig anhörte. Die Aktion war zum Besten der possierlichen kleinen Tierchen.

Und dennoch: Irgendwie ging ihm die Sache gegen den Strich. Wieso bekamen wildfremde Igel etwas und er nicht? Warum machte seine Frau nicht genug für alle? Die Cholesterin-Hysterie war sowieso übertrieben. Ein, zwei Eier pro Tag machten cholesterinmäßig überhaupt nichts aus, glaubte er gehört zu haben. Er müsste das mal recherchieren …

Wenn seine Frau sich schon hinstellte und Rührei briet, konnte sie es doch auch für ihn tun. Oder ihm wenigstens etwas abgeben. Es so vor seiner Nase zu braten, ohne dass er davon essen durfte, grenzte an Quälerei.

Alles für die Igel, nichts für die Menschen?!

Herr A. fühlte sich als Mensch diskrimi-
niert.

„Und wie wäre es, wenn ich mich als
Igel verkleidete? Bekäme ich dann etwas?“,
fragte er sarkastisch.

„Dann wärst du ein großer dicker Igel.
Das Rührei ist für die kleinen mageren Tie-
re, damit sie Winterspeck ansetzen.“

Dagegen konnte Herr A. nichts mehr
einwenden und trollte sich.

Die Geminiden

Frau A. schlug ihrem Mann vor, gemeinsam die Geminiden zu beobachten.

Die Geminiden sind ein Meteorstrom, der jedes Jahr Mitte Dezember auf die Erdatmosphäre trifft und viele Sternschnuppen entstehen lässt. Sie sollen gelb-weiß leuchten und sehr eindrucksvoll sein. Die Geminiden gelten allgemein als der stärkste beobachtbare Meteorschauer des ganzen Jahres.

Herrn A.s Begeisterung hielt sich in Grenzen. Mitte Dezember war es für seinen Geschmack zu kalt, um sich draußen die Beine in den Leib zu stehen und das Genick zu verrenken, den Blick starr nach oben in den Nachthimmel gerichtet. Das war höchstens etwas für durchgeknallte Nerds.

Seine Frau musste den Mist bei ihren Freundinnen aufgeschnappt haben. Die hatten wohl nichts Besseres zu tun. Es könnte sogar sein, dass sie gar nicht selbst beobachten gehen würden, sondern sich nur gegenseitig den Floh ins Ohr setzten, in der Hoffnung, dass eine darauf hereinfiele, stundenlang draußen fröre und dann von ihnen ausgelacht werden könnte.

Anscheinend passte seine Frau genau in ihr Beuteschema, wurde so zum Opfer und er durfte ihr Schicksal teilen. Allerdings wusste er, dass er ihr nichts ausreden konnte, was sie sich einmal in den Kopf gesetzt hatte.

Trotzdem versuchte er es:

„Schatz, draußen ist es kalt und es würde sich wahrscheinlich nicht einmal lohnen. Lass uns doch zu Hause bleiben!"

„Du bist nur zu bequem. Miesmacher! Komm mal in die Gänge!", erwiderte seine Frau.

Herr A. gab es auf.

Sie fuhren also am 13. Dezember – es war ein Freitag – nachts aufs freie Feld, stiegen aus und starrten nach oben. Es hatte aufgeklart und die Temperatur war gesunken.

Trotz der guten Sicht gab es nicht sehr viel zu sehen. Die Sterne standen am Firmament, aber das taten sie das ganze Jahr über. Wenn es überhaupt mal einen Lichtblitz gab, musste man schon Glück haben, gerade in diese Richtung zu sehen, und er war dann auch gleich wieder weg.

Es war eigentlich nicht der Rede wert.

Als Glück im Unglück für Herrn A. erwies sich, dass seine Frau nach einer halben Stunde zu frieren begann und wieder nach Hause wollte.

„Natürlich, mein Liebling, wenn du willst. Reicht es dir denn auch?", fragte Herr A. scheinheilig.

Seine Frau fauchte ihn an:

„Das ist doch nur enttäuschend. Du hättest mich warnen können!"

Herr A. sagte nichts dazu. Er wartete noch einen Augenblick, bis seine Frau im Auto saß und rief dann:

„Oh, Mann, das ist mal eine Sternschnuppe! Riesig! So etwas habe ich noch nie gesehen! Schade, dass du sie verpasst hast."

„Was? Wo?", japste Frau A.

Während Herr A. sich noch über seinen gelungenen Bluff freute, kletterte seine Frau wieder aus dem Auto und wollte genau wissen, wo er die Riesensternschnuppe gesehen habe. Herr A. zeigte in Richtung des Sternbildes Zwillinge und meinte, es wäre großartig gewesen – geradezu fantastisch! – und er hätte wohl bisher immer in die falsche Richtung geblickt.

Das genügte Frau A. für einen neuen Anlauf. Sie wollte den Riesensternschnuppen eine zweite Chance geben.

Es folgte ein weitere halbe Stunde des Frierens und der Enttäuschung. Herr A.

hatte vorgehabt, seine Frau zu Hause über seinen Streich aufzuklären und mit ihr gemeinsam darüber zu lachen. Das konnte er jetzt wohl vergessen. Seine Frau war richtig sauer. So hatte er sich das nicht vorgestellt. Verdrossen fror er still vor sich hin.

Der Schuss war nach hinten losgegangen.

Miteinander Pferde stehlen

Eigentlich sah sich Herr A. als einen friedlichen Menschen, der mit allen zurechtkam, aber der neue Kollege, Herr F., ging selbst ihm auf die Nerven. Herr F. konnte als typischer Karrierist bezeichnet werden. Er musste in allem der Beste sein, riss alle Projekte seiner Umgebung an sich, vollendete sie und ließ sich dafür feiern.

Seinen Erfolg könnte man für Fortune halten, eine sich selbst erfüllende Eigenschaft des Kandidaten. Die Chefs erhofften sich von ihm eine Fortsetzung seiner Erfolgsgeschichte, wollten selbst davon profitieren und unterstützten ihn dabei. Der Überflieger konnte tatsächlich die Erwartungen erfüllen, indem er seine Kollegen einspannte und ausnutzte, die Früchte der Arbeit für sich beanspruchte und die Fehler anderen zuschob. Es dauerte nie lange, bis er die nächste Sprosse der Karriereleiter erklomm.

Auch Herrn A. hatte er um die Ergebnisse einer gemeinsamen Arbeit betrogen. Herr A. fühlte sich damals über den Tisch gezogen, hätte jedoch bei einem Streit den Kürzeren gezogen, da Herr F. die besseren Beziehungen nach oben besaß. Es blieb dem Düpierten seinerzeit nichts anderes übrig, als klein beizugeben. Ein heimlicher Groll blieb.

Eines Tages sollte in der Firma eine Vorrichtung zur Umgehung gewisser Umweltschutzrichtlinien konstruiert werden. Das Projekt bewegte sich haarscharf am Rande der Legalität.

Herr F., der inzwischen zum Stellvertreter der Chefin avanciert war, beherrschte das Projekt von Anfang an und verteilte die Aufgaben. Herr A. sollte eine führende Rolle spielen. Für einen so unauffälligen Mitarbeiter schien das ungewöhnlich, aber Herr F. hielt ihn für geeignet, da er sich bei jener früheren Gelegenheit so leicht von ihm hatte übertölpeln lassen.

Herr A. fühlte sich bei der Sache nicht wohl und sprach mit seiner Chefin darüber. Insbesondere hob er seine moralischen Bedenken hervor.

Die Chefin zeigte Verständnis, wies jedoch darauf hin, dass er in einem Team spiele und als Teil des Teams auch unangenehme, ja möglicherweise sogar moralisch bedenkliche Aufgaben übernehmen müsse. Nicht umsonst hieße es, dass man in der Abteilung „miteinander Pferde stehlen" könne. Das „Pferde-Stehlen" schlösse automatisch moralische Grenzfälle ein. Er solle sich zusammenreißen.

Nun gut. Nicht teamfähig zu sein, wollte Herr A. sich nicht vorwerfen lassen. Also machte er mit und legte sich ins Zeug.

Das Projekt wurde wie erwartet ein Erfolg. Ebenfalls wie erwartet erntete Herr F. die Lorbeeren. Mehr als erwartet war, dass der Aufsteiger als Belohnung sogar eine Führungsposition in der Zentrale erhielt.

Damit war die Geschichte jedoch noch nicht zu Ende. Die Angelegenheit nahm einen ähnlichen Verlauf wie beim Diesel-Skandal der Automobil-Branche: Der Manipulationsversuch flog auf, die Firma machte einen Rückzieher und Köpfe mussten rollen. Herr F. stellte seine Rolle als rein administrativ dar und behauptete, die treibende Kraft sei Herr A. gewesen.

Dieser beschwerte sich bei seiner Chefin, die ja die Geschichte kannte. Da hatte er sich aber verkalkuliert. Die Chefin appellierte wiederum an seinen Teamgeist: Ein Bauernopfer sei jetzt notwendig und er sei eben der Geeignete. Er müsse mitspielen, ob er wolle oder nicht. Es solle sein Schaden nicht sein.

„Das war schon im Wilden Westen das Problem mit dem Pferde-Stehlen", seufzte Herr A.: „Pferdediebe wurden gehängt, und nicht immer traf es die Richtigen."

Im Grunde genommen kannte er die Situation aus langjähriger Erfahrung. Schon in der Schule hatte er als Einziger für die Schummeleien anderer büßen müssen. Alle hatten geschummelt, er am wenigsten. Eigentlich hatte er nur den anderen geholfen – aber immer war er es, der erwischt wurde, sei es, weil die anderen sich gegenseitig warnten und ihn nicht, oder sei es, weil er einfach zu ungeschickt war. Er fühlte sich damals wie heute als armes Würstchen.

Es schien einfach sein Schicksal zu sein. Immer würde er den Sündenbock spielen müssen. Wahrscheinlich wäre es das Beste, das ein für alle Mal zu akzeptieren. Außerdem hatte er ja gar keine andere Wahl: Er musste in den sauren Apfel zu beißen.

Er übernahm also mehr Verantwortung, als man ihm jemals zugestanden hätte.

Als sich die Zweifel an der Legalität des Projekts verdichteten, wurde Anklage erhoben. Herr A. landete er vor Gericht. Nach kurzer Verhandlung wurde er freigesprochen, da er zur unteren Management-

Ebene gehörte und nur für operative Entscheidungen zuständig war. Strafbar, wenn überhaupt, wäre die strategische Entscheidung gewesen.

Dafür zuständig waren natürlich die Top-Manager der Firma. In dieser Liga fand sich indes keiner, der es gewesen sein wollte. Die Bereitschaft zur Selbstaufopferung für die Firma war dort wesentlich geringer ausgeprägt als die, die man von Herrn A. eingefordert hatte. Kein Wunder: Dort oben hatte man ja mehr zu verlieren.

Strafrechtlich blieb die Sache damit in der Schwebe und verlief letztlich im Sande. Der Imageschaden für die Firma blieb jedoch. Man hoffte, dass nach und nach Gras darüber wachsen würde. Wichtig war vor allem, dass nichts mehr an die Affäre erinnerte.

In dem Zusammenhang stellte allerdings Herr A. nun ein Problem für die Firma dar. Er blieb schließlich als der Einzige übrig, an dem etwas hängen geblieben war. Sein Name war mit der Affäre verbunden und er könnte, solange er sich hier in Deutschland aufhielt, zur Zielscheibe von Journalisten werden. Es würde kein Ende nehmen.

Als Lösung bot sich an, ihn ins Ausland zu lotsen. Er müsste aufs Abstellgleis geschoben werden, natürlich so, dass er den Braten nicht roch. Wie man das bewerkstelligen wollte? Ganz einfach: Man würde ihn wegloben.

Dazu mehr in der nächsten Geschichte.

Eine leichte Entscheidung

Es gab gute Neuigkeiten für Herrn A. Er
sollte die Leitung einer auswärtigen Filiale
seiner Firma übernehmen. Das konnte als
ein gewaltiger Fortschritt in seiner Karriere
angesehen werden. Er freute sich sehr darüber.

Zwei Filialen standen zur Auswahl und
er durfte wählen. Damit stand er vor einer
schweren Entscheidung. Beide Filialen hatten ihre Vor- und Nachteile, die es abzu-
wägen galt. Die Filiale in Shanghai bediente das Wachstum der Emerging Markets
und war im Aufbau begriffen. Sogar ein
Werk war angeschlossen. Es blieb noch viel
Arbeit zu tun und zahllose Unwägbarkei-
ten machten die Situation unübersichtlich.
Dafür konnte das Potential als erheblich
eingestuft werden.

Die Filiale in Seattle dagegen, zuständig
für die Westküste der USA, verfügte über
eine hervorragende Marktposition, ausge-

baute Infrastruktur und genoss in der Firma ein ausgezeichnetes Image. Allerdings war das Wachstum überschaubar. Unterschiede zwischen beiden Filialen gab es ferner in der Personalstruktur und den persönlichen Bedingungen für den Filialleiter.

Um zu einer Entscheidung zu gelangen, benutzte Herr A. den alten Trick, eine Liste mit Plus- und Minuspunkten für beide Alternativen anzulegen. Das Ergebnis war ein Gleichstand. So kam er nicht weiter. Herr A. zermarterte sich das Hirn – umsonst. Auch seine Frau, mit der er die Sache besprach, konnte ihm nicht helfen. Dabei nahte der Termin, bis zu dem er sich entschieden haben musste, mit Riesenschritten.

Am Abend des letzten Tages vor dem Termin fragte ihn seine Frau – sie arbeitete seit geraumer Zeit in derselben Firma wie er – warum er ihr nicht gesagt habe, dass er sich nun inzwischen für die Filiale in Shanghai entschieden habe. Herr A. fiel aus allen Wolken:

„Ich habe mich doch noch gar nicht entschieden! Wer sagt denn so etwas?"

„Na alle. Die Buschtrommeln verkünden
es schon den ganzen Tag."

Nach und nach bekam Herr A. aus seiner Frau heraus, dass die Gerüchteküche
schon seit einiger Zeit das Für und Wider
des möglichen Wechsels abgewogen hatte.
Man hatte auf den Fluren die Problematik
hin- und hergewälzt, Gesprächsfetzen, die
er bei irgendwelchen Gelegenheiten fallen-
gelassen hatte, analysiert und sich eine
Meinung gebildet, wie und aus welchen
Gründen er sich entscheiden würde. Aus
der Meinung war nach ausgiebiger Prü-
fung die Gewissheit geworden, dass er sich
nur so entscheiden könne. Seine Mimik bei
gezielten Testfragen in diese Richtung
wurden studiert und schließlich war man
sich sicher. Aus der Gewissheit wurde
dann das Faktum der schon getroffenen
Entscheidung konstruiert.

Nach der ersten Überraschung begann
Herr A., die Argumente seiner angeblich
schon getroffenen Entscheidung nachzu-
vollziehen und musste feststellen, dass sie

Hand und Fuß hatten. Tatsächlich neigte er im Licht dieser Überlegungen jetzt dazu, die Entscheidung so zu treffen.

Aber einmal konnte er ja noch darüber schlafen.

Am nächsten Morgen erschien er zum Termin bei seiner Chefin. Sie ließ ihn gar nicht erst zu Wort kommen.

„Ich habe schon gehört, wie sie sich entschieden haben. Ihre Entscheidung ist durchaus vernünftig und ich nehme sie an. Schade nur, dass ich es als Letzte erfahren habe."

Herr A. wollte schon bemerken, dass er selbst es noch später erfahren hätte, ja, sich eigentlich bis jetzt gar nicht selbst entschieden habe, verkniff es sich aber in letzter Sekunde, schwieg und beließ es bei einem kurzen Kopfnicken.

Es war eine leichte Entscheidung.

Vorzeitiger Ruhestand

Die Zeit in Shanghai hatte Herr A. optimal genutzt. Chinesisch hatte er – bis auf ein paar Brocken – nicht gelernt, dafür den Laden in Schuss gebracht. Er hatte ganze Arbeit beim Aufbau der Filiale geleistet. Die Geschäfte gingen gut.

Nun, da alles wie von selbst lief, wurde eine Spitzenkraft wie Herr A. eigentlich nicht mehr benötigt. Es wäre der richtige Zeitpunkt, die Zelte wieder abzubrechen und nach Deutschland zurückzukehren. Wenn er noch länger bliebe, würde er sich unterfordert fühlen. Ein wenig Heimweh hatte sich auch schon bei ihm und seiner Familie eingestellt. Die Kinder hier auf die Deutsche Schule zu schicken, konnte nur auf gewisse Zeit als praktikable Lösung gelten.

Die Rückkehr musste indes erst in die Wege geleitet werden, eine neue Aufgabe gefunden werden. Hochqualifiziert, wie er nun einmal war, konnte er nicht einfach irgendwo eingesetzt werden. Er hatte in Shanghai Großartiges geleistet, in der Heimat jedoch aus irgendeinem Grund nicht gleichzeitig das Beziehungsnetz aufbauen können, das er gebraucht hätte, um sich in der Zentrale auf eine adäquate Position hieven zu können. Was da klemmte, wusste er nicht. Wollte man ihn einfach dort nicht haben? Wer steckte dahinter?

Keiner sprach es offen aus und doch wurde immer klarer: Er konnte entweder unangefochten auf der Stelle in Shanghai bleiben oder mit einer stattlichen Abfindung vorzeitig in den Ruhestand gehen. In letzterem Fall müsste er sich, das wusste er, außerdem verpflichten, nicht etwa zur Konkurrenz zu wechseln. Derartige Klauseln waren in solchen Fällen üblich, eine bekannte Vorsichtsmaßnahme der Juristen bei Personen, die – wie er – über erhebliches Insiderwissen verfügten. In der Tat: Er kannte nicht nur Vertriebsinterna, sondern auch Details der Produktion.

Einfach nur das Erreichte zu verwalten und die verbleibende Zeit abzusitzen, kam für Herrn A. nicht in Frage und so entschied er sich für den vorzeitigen Ruhestand.

Ein bitterer Beigeschmack blieb. Irgendetwas war offensichtlich bei der Sache nicht in Ordnung. Es musste Widerstand gegen ihn in der Zentrale gegeben haben, Leute, die seinen Weg in der Firma blockierten. Nachweisen ließ es sich nicht, aber anders konnte er sich die Sache nicht erklären. Er fügte sich zähneknirschend in sein Schicksal – nicht zum ersten Mal in seinem Leben! Wenn er sich überhaupt beklagte, bekam es nur seine Frau es zu hören.

Er kehrte mit seiner Familie nach Deutschland zurück, ließ sich ohne finanzielle Sorgen in der alten Heimat nieder und wurde ehrenamtlich tätig.

Er hatte jetzt viel Muße, kombiniert mit einem umfassenden Wissen über die Vorgänge in seiner ehemaligen Firma. Da er von seiner Ausbildung her Techniker war, konnte er in aller Ruhe an den Produkten der Firma tüfteln und erarbeitete am Ende einen entscheidenden Verbesserungsvorschlag für das marktbeherrschende Produkt seines ehemaligen Arbeitgebers. Er kannte sich auch mit den juristischen Fragen aus, so dass er seine Idee patentieren ließ, bevor er sie den Entscheidern der Firma vorlegte.

Seine Ansprechpartner in der Firma waren begeistert und machten ihm ein gutes Angebot. Neben einer saftigen Pauschale gewährten sie ihm einen hochdotierten Vertrag als externer Berater.

Am Abend nach dem Abschluss stieß Herr A. mit seiner Frau auf den Deal an. Er musste schmunzeln. Bei der Sache war er weitaus besser gefahren, als er sich jemals erträumt hätte. Dieses Ergebnis hätte er nie erreicht, wenn man ihm das Weiterkommen in der Firma ermöglicht hätte.

Was zuerst wie ein Rückschlag ausgesehen hatte, war von ihm in einen Erfolg umgemünzt worden.

Im Nachhinein fragte sich Herr A., ob er den geheimnisvollen Intriganten, die ihn seinerzeit blockiert hatten, nicht eigentlich dankbar sein müsse.

Ein mutmaßlicher Bankräuber

Nach einigen Einkäufen in der Innenstadt hatte sich Herr A. auf den Rückweg zu seinem Parkplatz gemacht. Die Sonne schien hell und er setzte sich eine Sonnenbrille auf. In der Hand trug er eine Sporttasche mit seinen Einkäufen.

Um zwölf Uhr wollte er sich mit seiner Frau zu Hause treffen. Sie hatte angekündigt, ihn mit einem besonderen Mittagessen zu überraschen. Er solle sich auf keinen Fall verspäten!

Leichter gesagt als getan. Nichts hatte geklappt, wie es sollte. Zuerst stand er bei der Hinfahrt in die Stadt im Stau, dann hing er immer wieder an roten Ampeln fest. Das konnte doch kein Zufall sein! Die mussten mit Absicht so geschaltet sein, dass sie auf Rot gingen, wenn er ankam. Es war das Gegenteil einer grünen Welle – eine rote Welle. Wahrscheinlich wollte irgendjemand damit den Zustrom von Autos

in die Innenstadt bremsen und er, Herr A.,
musste es ausbaden.

Anschließend brachte die endlose Park-
platzsuche seinen Zeitplan weiter durchei-
nander. Das Gewühl in der Fußgängerzone
hielt ihn ebenfalls auf. Bis er gefunden hatte, was er suchte, musste er in drei Geschäf-
ten fragen. Alles hatte sich verzögert. Inzwischen befand er sich zwar auf dem
Rückweg, aber die Uhr zeigte schon zwanzig Minuten vor zwölf. Das konnte er auf
normale Weise nicht mehr schaffen. Er hätte einen Helikopter gebraucht.

Panik stieg in ihm auf. Hastig stolperte
er vorwärts.

Obwohl er sich noch in der Fußgängerzone befand, fuhr schräg hinter ihm ein
Polizeiauto. Na, die durften das wahrscheinlich. Waren wohl auf Streife. Merkwürdig nur, dass sie genau mit ihm Schritt
hielten. Das musste er ausprobieren. Er be-
eilte sich noch etwas mehr und verfiel in
einen leichten Laufschritt – das Polizeiauto
zog mit. Verfolgten die ihn etwa? Warum

griffen sie dann nicht zu? Oder beschatteten sie ihn? Das wäre schon sehr auffällig, wenn selbst er es bemerkte.

Er beschloss, die Sache zu ignorieren und setzte seinen Weg im vorherigen Tempo fort, auch weil ihm die Puste ausging.

Jetzt schloss der Polizeiwagen auf und fuhr genau rechts neben ihm.

Das Fenster war geöffnet und ein Polizist saß am Steuer, ein weiterer neben ihm. Die Hände des Polizisten am Steuer konnte er nicht sehen.

Der Polizist sprach ihn höflich an:

„Würden Sie bitte mal Ihre Sonnenbrille abnehmen?"

Herr A. glaubte sich zu erinnern, dass es eine Ausweispflicht gegenüber Polizisten gab. Er blieb stehen und nahm gehorsam die Sonnenbrille ab.

Der Polizist fuhr fort:

„Danke. Würde es Ihnen etwas ausmachen, jetzt noch Ihre Sporttasche zu öffnen?"

Das wollte Herrn A. dann doch nicht so recht gefallen. Hier ging es um seine Privatsphäre. Brauchte man für so etwas nicht einen richterlichen Beschluss?

Er meinte bockig: „Das möchte ich nicht. Außerdem habe ich es eilig."

Nun zeigte der Polizist seine Hände. In ihnen hielt er Maschinenpistole. Die Mündung war auf Herrn A. gerichtet.

Herr A. ließ die Tasche fallen und streckte die Hände in die Höhe.

„Ist das ein Raubüberfall?", stammelte er.

„Nein, das ist ein Polizeieinsatz", erklärte der Polizist. „Gerade ist ein paar Schritte von hier eine Bank überfallen worden. Der Täter flüchtete zu Fuß. Seine Beschreibung passt auf Sie. Er trug eine Sonnenbrille und die Beute hatte er in eine Sporttasche gestopft, gerade so eine wie ihre."

Jetzt verstand Herr A. alles und stellte dem Polizisten frei, die Tasche zu durchsuchen. Dem passte das nicht. Er befahl:

„Öffnen Sie selbst die Tasche! Aber ganz langsam; ich will dabei Ihre Hände sehen.“

Herr A. folgte den Anweisungen, die Miene des Polizisten entspannte sich und die Maschinenpistole verschwand wieder von der Bildfläche.

„Entschuldigen Sie vielmals“, meinte der Polizist, wandte sich seinem Kollegen zu, um mit ihm das weitere Vorgehen zu besprechen.

Aber für Herrn A. war die Sache damit noch nicht erledigt. Er sah seine Chance:

„Moment mal! Ihretwegen werde ich zu spät zum Essen nach Hause kommen. Meine Frau mag das gar nicht. Ich werde Ärger bekommen. Nachdem Sie mich schon aufgehalten haben, wäre es doch nur gerecht, wenn Sie mich nun schnellstens nach Hause brächten.“

Die Polizisten, deren bisher einzige Spur sich in Luft aufgelöste hatte und die – das macht solidarisch – beide selbst verheiratet waren, ließen sich tatsächlich überzeugen und fuhren Herrn A. mit Blaulicht nach Hause.

So hat Herr A. es doch noch geschafft, um Punkt zwölf Uhr zu Hause zu sein. Seine Frau hatte ihn erwartet und seine Ankunft beobachtet. Sie fragte ihn, warum die Polizei ihn nach Hause gebracht hätte. Herr A. tat überrascht:

„Nanu? Ich dachte, du hättest sie geschickt, um mich rechtzeitig nach Hause zu holen."

Seine Frau sah verdutzt aus der Wäsche und Herr A. erzählte ihr die ganze Geschichte. Als Belohnung für seine Pünktlichkeit bekam er sein Lieblingsessen vorgesetzt: gebratene Putenleber mit Zwiebeln und Kartoffelpüree.

Verdient hatte er es ja eigentlich nicht, aber schmecken ließ er es sich trotzdem.

Am Nachmittag würde er das Auto holen.

Heimwerker

Ein einziges der drei Leuchtmittel der Deckenleuchte im Wohnzimmer flackerte. Das kommt zuweilen vor. Frau A. bat ihren Mann, es auszuwechseln. So etwas fiele in seinen Zuständigkeitsbereich. Natürlich. Herr A. wechselte das Leuchtmittel, nur um festzustellen, dass es daran nicht lag. Die Fassung stellte sich als defekt heraus. Die ganze Deckenleuchte musste erneuert werden.

Eine neue Deckenleuchte wurde beschafft und zum Einbau bereitgehalten. Herr A. versprach, sich so bald wie möglich darum zu kümmern.

Nach einigen Monaten sprach Frau A. ihren Mann wiederum auf die Leuchte an. Ein leichter Anflug von Ungeduld schlich sich in ihren Unterton, als sie fragte, wann das Licht endlich wieder einwandfrei funktionieren würde. Herr A. versicherte, es gleich nächste Woche in Angriff zu nehmen.

Nach einem Monat machte er sich an die Arbeit. Um die neue Leuchte zu befestigen, mussten neue Löcher für die Dübel gebohrt werden. Eigentlich kein Problem – wenn Herr A. dabei nicht die Leitung angebohrt hätte.

Es gab einen Kurzschluss und Herr A. begutachtete den Schaden. Der Deckenputz musste entfernt werden, um an die Leitungen zu kommen. Als das geschehen war, dämmerte es Herrn A., dass hier wohl doch ein gelernter Elektriker benötigt würde.

Also ließ er alles stehen und liegen, um einen Fachmann zu beauftragen. Er erhielt einen Termin in zwei Tagen. Seine Frau, die beim Anblick des Chaos in Ohnmacht zu fallen drohte, tröstete er mit den Worten:

„Das ist kein Problem. In zwei Tagen ist alles behoben."

Tatsächlich erschien in zwei Tagen der Elektriker und behob das Problem.

Jetzt musste nur noch die Decke neu verputzt werden. Herr A. beschloss, das selbst in die Hand zu nehmen.

Er besorgte sich im Baumarkt die Materialien, mischte den Putz an und begann, ihn aufzutragen. Nachdem ihm zweimal die Bescherung auf den Kopf gefallen war, gab er auf und beauftragte einen Maurer. Der versprach, in zwei Tagen zu kommen.

Frau A. drohte ihrem Mann, ins Hotel zu ziehen, wenn das Desaster nicht bald beendet sei. Ihr Mann versprach eine Lösung des Problems in zwei Tagen. Nach zwei Tagen war die Decke verputzt.

Jetzt musste der Putz trocknen, bevor eine Raufasertapete darüber geklebt und gestrichen werden konnte. Ein Maler wurde beauftragt und nach einer Woche war alles erledigt.

Während seine Frau inzwischen das Wohnzimmer weiträumig umging, begann Herr A., die Löcher für die neue Leuchte erneut zu bohren. Diesmal klappte es. Er brachte die Leuchte an und sie funktionierte einwandfrei. Viktoria!

Das Wohnzimmer sah indes aus wie eine Müllhalde. Ein Bombenangriff war gar nichts dagegen. Auf dem Parkett lag nicht nur der abgeklopfte Putz, sondern es war überall mit Herrn A.s selbstgemischtem Putz bekleckert. Es waren alles Herrn A.s Spuren. Maurer und Maler hatten für ihre Arbeiten den Boden abgedeckt und keinen Schmutz hinterlassen. Herr A. war diese einfache Vorsichtsmaßnahme nicht in den Sinn gekommen. Jetzt bereute er es, aber es war zu spät.

Trotzdem sah Herr A. das Ganze locker. Hauptsache war doch: Technisch gab es nichts mehr auszusetzen. Er teilte seiner Frau stolz das Ende seiner Arbeiten mit und fügte in einem Nebensatz hinzu, dass nun lediglich noch kleinere Reinigungsarbeiten anstünden, die in ihren Zuständigkeitsbereich fielen.

Frau A. zog ins Hotel.

Es blieb Herrn A. nichts anderes übrig, als selbst klar Schiff zu machen. Als er den abgeklopften Putz und die Putzfladen entfernte, bemerkte er, dass die aus dem von ihm viel zu feucht angemischten Putz ausgetretene Flüssigkeit im Lauf der Zeit in die Fugen des Parketts eingedrungen war und die Holzstücke derart hatte aufquellen lassen, dass sie teilweise herausgesprungen waren und sich nicht mehr einfügen ließen.

Das wäre nicht passiert, wenn er früher aufgeräumt hätte. Wiederum stand er vor der Situation, dass er sich hätte ohrfeigen können. Aber das hätte jetzt auch nichts mehr genutzt: Das Kind war in den Brunnen gefallen.

Er beauftragte einen Schreiner, die Holzstücke zurechtzuschleifen und wieder einzusetzen, dann die Oberfläche abzuschleifen und zu versiegeln.

Nachdem nunmehr Land in Sicht war, rief Herr A. seine Frau an, um sich zu entschuldigen und ihr vom Fortgang der Arbeiten zu berichten. Immerhin hörte sie ihm zu. Als er jedoch anfing, ihr abermals zu versichern, dass in zwei Tagen alles wieder in Ordnung sein würde, legte sie wortlos auf.

Die Arbeiten des Schreiners am Parkett inklusive des Trocknens des Lacks dauerten eine Woche. Danach erstrahlte allerdings das Wohnzimmer in neuem Glanz. Herr A. wischte noch den Staub weg und polierte das Mobiliar. Nun wäre seine Frau zufrieden gewesen. Nur musste er sie erst einmal dazu bekommen, wieder zurückzukehren.

Das stellte ihn vor ganz ungewohnte Schwierigkeiten, aber er ging sie an.

Er suchte sie im Hotel auf und brachte ihr Tulpen mit – ihre Lieblingsblumen. Ferner trug er ihr ein selbstgeschriebenes Gedicht vor, das mit den Zeilen endete:

„Ich bin zwar nur ein Idiot,

doch hilfst du mir aus jeder Not.

Ach, komm' doch bitte mit nach Haus,

es gibt auch einen tollen Schmaus."

Tatsächlich hatte Herr A. bei einem Catering-Service ein vielversprechendes Vier-Gänge-Menü bestellt.

Natürlich wusste er, dass eine selbstzubereitete Mahlzeit wesentlich eindrucksvoller gewesen wäre. Aber Herr A. befürchtete – wahrscheinlich zu Recht – dass er die Küche in einem ähnlich katastrophalen Zustand hinterlassen hätte wie vorher das Wohnzimmer. Dann hätte seine Frau gleich wieder die Flucht ergriffen.

Um dem vorzubeugen, hatte er sogar die Küche aufgeräumt, obwohl er dort nichts angerührt hatte. Er hatte sich die letzten Tage von Fast Food ernährt.

Was er kaum zu hoffen gewagt hatte, trat ein: Kaum dass er mit seinem Gedicht geendet hatte, umarmte ihn seine Frau und küsste ihn. Sie verzieh ihm und kehrte nach Hause zurück. Ausgiebig feierten sie Versöhnung.

Verspätete Heimkehr

Rudi, Herrn A.s Erstgeborener, inzwischen zum Teenager herangewachsen, war abends mit dem Fahrrad zu Freunden gefahren. Nach einem heftigen Wintereinbruch hatte es seit Tagen geschneit und auf den Straßen drohte Glätte. Frau A. machte sich Sorgen. Es wurde immer später in der Nacht.

„Wo bleibt er nur? So lange kann es doch gar nicht dauern. Es wird ihm doch nicht etwas passiert sein …"

Ihr Mann beruhigte sie:

„Er ist schon vorsichtig. Das haben wir ihm schließlich eingeschärft. Es wird halt etwas länger gedauert haben."

Herr A. kannte das. Seine Frau machte sich immer Sorgen, wenn ihr Sohn nachts noch unterwegs war. Sie konnte dann nicht schlafen, legte sich das Handy neben das

Bett, um eventuelle Notrufe annehmen zu können. Es hätte ja auch das Krankenhaus anrufen können, dass er dort eingeliefert worden wäre.

Es stellte sich nur das Problem, dass Frau A. Ohrenstöpsel benutzte, wenn sie neben ihrem Mann schlief, weil dieser schnarchte. Sie konnte also, wenn sie das Handy hören wollte, nicht in ihrem eigenen Bett schlafen.

Als Ausweg bot sich an, sich in das Bett ihres Sohnes zu legen. Das stand ja zur Verfügung, solange der Sprössling unterwegs war. Dieses Vorgehen bot den weiteren Vorteil, dass sie automatisch mitbekommen würde, wenn Rudi endlich nach Hause käme. Schließlich und endlich hoffte sie, dass der Sohnemann, wenn er sein Bett besetzt vorfand, einen derartigen Schock erleiden würde, dass er sich nie mehr derart verspäten würde.

Es war in der Tat ein gehöriger Schreck für den armen Rudi. Zumindest beim ersten Mal. Viele weitere Male folgten. Weder gab Frau A. ihre Strategie auf, noch änderte Rudi seine Ausgehgewohnheiten.

Diesmal indes lief es anders ab.

Schlafen zu gehen kam nämlich für Frau A. nicht in Frage. Sie griff zum Handy, um ihren Sohn anzurufen. Ihr Mann versuchte, sie zurückzuhalten:

„Du wirst ihn nur vor seinen Freunden blamieren."

„Wenn es wirklich seine Freunde sind, werden sie verstehen, dass seine Mutter sich Sorgen macht."

Und damit schickte sie den Anruf los. Ohne Erfolg.

„Dass er immer sein Handy ausschalten muss …! Er weiß doch, dass ich ihn öfter mal erreichen will!"

„Eben."

Sie warteten noch eine Stunde. Dann hielt es Frau A. nicht mehr aus:

„Sicher ist er mit dem Fahrrad gestürzt und liegt irgendwo hilflos im Schnee. Er wird erfrieren. Wir müssen die Strecke mit dem Auto abfahren."

Herr A. versuchte noch, ihr die Aktion auszureden, aber es half nichts: Er musste nachgeben und sie machten sich auf den Weg.

Zu allem Überfluss hatte überfrierende Nässe die Straßen in Rutschbahnen verwandelt. So vorsichtig das Ehepaar auch fuhr, es ließ sich nicht vermeiden: An einer Stelle mit Bodenwellen kam ihr Wagen ins Gleiten. Unaufhaltsam rutschte er seitwärts. Alles ging ganz langsam – wie in Zeitlupe – und verlief völlig unspektakulär.

Im Ergebnis hing jedoch das Auto jetzt im Straßengraben fest. Es blieb Herrn A. nichts anderes übrig, als den Abschleppdienst zu rufen.

Während sie in der Kälte warteten, kam Rudi angeradelt. Er hielt vorsichtig an und fragte verwundert:

„Was macht ihr denn hier?"

Sie erzählten ihm alles und machten ihm Vorwürfe, dass er sich nicht gemeldet hatte. Schuldbewusst erklärte Rudi, dass er sich verquatscht und dabei vollkommen die Zeit vergessen hätte.

Hoch und heilig versprach er, in Zukunft sein Handy angeschaltet zu lassen, allein schon, damit er sich keine Sorgen um seine Eltern würde machen müssen.

Jugendträume

Es musste sich um eine Modeerscheinung handeln: Fast alle Jugendlichen wollten an der berühmten Castingshow für Nachwuchssänger teilnehmen. Eine regelrechte Hysterie war ausgebrochen.

Auch Rudi wollte mitmachen. Sein Vater, Herr A., fühlte sich bei dem Gedanken, dass sein Sohn sich für so einen „Firlefanz" hergeben wollte, nicht sonderlich wohl. Die Generation der Eltern hatte wohl noch nicht den rechten Zugang zur Welt der jungen Leute gefunden. Trotzdem wollte Herr A. seinem Sohn den Spaß nicht verderben und ließ der Sache ihren Lauf.

Tatsächlich wurde Rudi zur Jury vorgelassen. Das Fernsehen übertrug.

Dass er nicht singen konnte, kompensierte der Sohnemann mit einem Purzelbaum vor laufender Kamera. Zum Recall wurde er nicht geladen. Für ihn war der Wettbewerb gelaufen.

Dennoch kam einiges nach. Die Ausstrahlung seines Auftritts im Fernsehen verschaffte ihm unerwartete Aufmerksamkeit in seinem Freundeskreis. Der Clip mit seinem Purzelbaum vor der Jury wurde ins Netz gestellt und ging viral.

Rudis plötzliche Berühmtheit strahlte aus. Herr A. stand auf einmal im Mittelpunkt seines Stammtischs – für ihn, den eher ruhigen Typen, völlig ungewohnt. Er konnte einen gewissen Stolz auf seinen Sohn nicht verbergen. Gewiss, Rudi hatte nichts im herkömmlichen Sinn Besonderes geleistet, aber heutzutage spielte eben auch Publicity eine nicht zu unterschätzende Rolle und ließ sich sogar vermarkten.

In der Tat erhielt Rudi in der nächsten Zeit zahlreiche Angebote für Auftritte als Sänger in Gaststätten und Clubs oder bei Veranstaltungen. Er verdiente sogar etwas

Geld damit. Übermütig erwog er, sein Studium abzubrechen und professioneller Sänger zu werden.

Herr A. wusste, dass der Hype nur von kurzer Dauer sein würde, dass es seinem Sohn andererseits an wirklichem Talent für eine Sängerkarriere mangelte, und er erwog, ihn davor zu warnen, seine ganze Lebensplanung wegen so einer „Schnapsidee" (wie er es heimlich nannte) über den Haufen zu werfen.

Nur wollte er ihm seinen „Erfolg" nicht vermiesen. Außerdem würde Rudi in seinem gegenwärtigen Zustand wohl kaum auf ihn hören.

Ein Ende seines Ruhms wollte er nicht herbeiwünschen. Es käme sowieso bald genug, nach und nach. Während der ganzen Zeit des Niedergangs würde Rudi leiden. Herr A. hätte ihm das gern erspart.

Die Alternative wäre ein Erfolg an anderer Stelle – da, wo der junge Mann wirklich etwas leistete: bei seinem Studium. Herr A.

bat den Professor, der Rudis Lieblingsvorlesung hielt, um einen Termin und schilderte ihm das Problem. Der Professor fand tatsächlich eine Lösung.

Rudi war einer der besten Studenten in seiner Vorlesung. Es wäre möglich, ihn im Auftrag des Instituts zu einem Gastaufenthalt bei einem befreundeten Kollegen im Ausland zu schicken. Er könnte dort sein Studium fortsetzen und gleichzeitig mit dem Kollegen an einer Kooperation, die die beiden Professoren kürzlich begonnen hatten, mitarbeiten. Die ominöse Castingshow sei außerhalb Deutschlands kaum bekannt und dementsprechend wäre Rudi dort auch nicht berühmt.

Herr A. stimmte begeistert zu.

Auch Rudi ließ sich nach anfänglichem Zögern überzeugen. Das Argument, dass er wegen seiner guten Leistungen ausgewählt worden wäre, schmeichelte ihm. Und wenn er in sich ging, musste er zugeben, dass er eigentlich doch lieber ein großer Wissenschaftler als ein berühmter Sänger wäre.

Alles lief wie geplant. Rudi studierte im Ausland und fand wieder in die Spur.

Zu Hause entstand derweil eine ungewohnte Atmosphäre, da der Sohn irgendwie fehlte. Frau A. hatte sich zwar immer wieder beklagt, dass der Herr Sohn sich von vorn bis hinten bedienen ließ, dass sie ihm alles hinterherräumen musste. Seit er jedoch nicht mehr zu Hause weilte, vermisste sie selbst das gewaltig.

Herrn A. ging es nicht besser. Er hatte sich bereits daran gewöhnt, spät in der Nacht noch mit dem Auto loszudüsen, wenn Rudi irgendwo abgeholt werden musste, weil er das Fahrrad wegen des Wetters oder wegen der Entfernung nicht hatte nehmen können und bei der Heimkehr kein Bus mehr fuhr. Einerseits empfand Herr A. diese nächtlichen Exkursionen als lästig, andererseits genoss er das Gefühl, gebraucht zu werden. Das war wohl vorbei. Heimlich wünschte sich auch der Vater die alten Zeiten zurück.

Rudis Abwesenheit hinterließ eine schmerzliche Lücke. Aber diesen Preis mussten die Eltern nun einmal zahlen. Das hatten sie davon, dass sie sich in sein Leben eingemischt hatten.

Alles hat ein Ende. Nach einem Jahr war Rudi wieder zu Hause. Trotzdem hatte sich etwas geändert. Der Sohn hatte Gefallen am selbstständigen Leben gefunden und zog bald in eine Wohngemeinschaft mit anderen Studenten. Er kam noch oft nach Hause, hielt sich auch gern dort auf, übernachtete sogar zuweilen im elterlichen Heim; und doch fühlte sich die Situation anders an als vor seinem Auslandsaufenthalt.

Herr und Frau A. trösteten sich mit der Einsicht, dass dies eben der Gang der Dinge sei und sich nicht ändern ließe. Letztlich wünschten sie sich doch wie alle Eltern, dass ihre Kinder irgendwann auf eigenen Füßen stehen könnten. Sie sollten schließlich auch einmal eigene Familien gründen und ihre Eltern mit Enkeln beglücken. So

weit war es zwar noch nicht, aber darauf
hofften sie.

Rudi setzte sein Studium fort und begann, seine Bachelorarbeit im Fach Sozio-
logie zu schreiben. Der Titel lautete:

„Medienorientierte Erfolgssucht am Beispiel einer Castingshow“

Einfach doppelt

Das Leben ist manchmal ganz schön kompliziert. Das hatte auch Herr A. des Öfteren erfahren müssen. Er resümierte die Situation dann gerne in den Worten:

„Ist alles nicht so einfach."

Weil er sich die Sache aber eben doch einfach machen wollte und weil etwas insbesondere nicht einfach ist, wenn man es doppelt nimmt, so kürzte er seinen weisen Ausspruch ab zu „Doppelt genommen!" oder noch einfacher: „Doppelt."

Da er dazu neigte, alles zu zerdenken, trieb er seine Gedanken noch ein wenig weiter. Er sinnierte, dass das Aussprechen des Wortes „Doppelt" ihn an das Orwellsche Doublethink erinnere. Damit könne er sich wiederum vergegenwärtigen, dass alle seine Gedanken nur Selbstbetrug waren. Er nahm sich vor, in solchen Situationen an den Maya-Begriff der Advaita-Vedanta-Philosophie zu denken und daran, dass er die unzähligen Widrigkeiten des täglichen Lebens nicht so ernst nehmen dürfe, vielmehr darauf vertrauen könne, dass alles sich auf einer höheren Ebene zu einer großen Harmonie fügen würde.

Also brabbelte er sein „Doppelt" zuweilen wie ein Mantra vor sich hin.

Dass das für andere Leute schon ein wenig abgefahren klingen könnte, störte ihn nicht. Er kokettierte sogar mit dem Gedanken, dieses gemurmelte „Doppelt" zu einem nur ihm eigenen sprachlichen Tick auszubauen. Tourette lässt grüßen.

Indes kam es anders.

Zwei Ereignisse brachten seinen Sinneswandel zustande.

Das erste Ereignis war noch relativ harmlos. Eines Tages hatte seine Frau ihm wieder einmal ausführlich von ihren Problemen bei der Arbeit erzählt. Sonst interessierte er sich immer sehr dafür und gab ihr ein – wie er sich einbildete – wertvolles Feedback. Diesmal aber war er nicht so recht bei der Sache und hing immer noch seinen eigenen verkorksten Gedanken nach.

Seine Frau spürte das und fragte ihn unvermittelt:

„Wie siehst du denn die Sache?"

Herr A. – noch nicht ganz bei sich – stammelte nur:

„Doppelt."

Etwas angesäuert ermahnte ihn seine Frau daraufhin, dass er seinen Alkoholkonsum lieber einschränken solle, wenn er schon anfange, alles doppelt zu sehen.

Seine Bierchen wollte Herr A. nicht aufgeben. Um sich nicht wieder einem ungerechtfertigten Verdacht auszusetzen, erwog er als Ausweg, in Zukunft auf seine neue Marotte zu verzichten.

Das war der erste Auslöser. Der zweite tat mehr weh.

Herr A. und seine Frau machten sich hin und wieder den Spaß, an einer Auktion teilzunehmen. Sofern man nicht zu viel Geld ausgab, stellte das ein harmloses Vergnügen dar.

So saßen sie wieder einmal im Bietersaal. Sie hatten durch Vorbestellung gute Plätze erhalten: ganz vorne. Die Veranstaltung zog sich hin. Auch wenn die Versteigerung sich interessant gestaltete, dauerte sie doch eindeutig zu lange. Hinzu kam, dass sich in dem vollbesetzten Raum eine stickige Atmosphäre bildete. Die Sache begann, einschläfernd zu wirken. Da geschah es: Herrn A.s Gedanken schweiften ab und, ehe er sich versah, entfuhr ihm ein „Doppelt", halblaut eigentlich nur, aber laut genug, dass der Auktionator es hörte und offenbar als „verdoppelt" verstand. Er verdoppelte das vorige Gebot und rief den neuen Preis aus. Keiner hielt da mehr mit und schon hatte Herr A. den Zuschlag erhalten. Er war, ohne es gewollt zu haben, Eigentümer einer antiken Spieluhr geworden. Seine Frau machte ihm Vorwürfe wegen der sinnlosen Ausgabe und er – selbst hochgradig verärgert – versprach, sich zu bessern.

Das war also der zweite Auslöser. Herr A. war nach diesem Doppelschlag fest entschlossen, sein „Doppelt" abzuschalten.

So leicht war es dann doch nicht. Sein Spleen hatte sich inzwischen verselbstständigt und es kostete Herrn A. einige Mühe und Selbstbeherrschung, ihn wieder loszuwerden, aber letztlich gelang es.

Merkwürdig – jetzt schien ihm etwas zu fehlen.

Der Abgrund

Herr A. wachte auf. Er war verwirrt und wusste nicht, wo er sich befand. Er lag ausgestreckt auf einem dunkelroten Läufer in einem Korridor im Innern eines Gebäudes. Keine Fenster. Nur Türen, auf denen ovale Messingschilder prangten, die nummeriert waren. Aus den holzvertäfelten Wänden wuchsen Armleuchter, die den Gang in ein goldgelbes Schummerlicht tauchten. Das Ambiente wirkte altertümlich; es erinnerte an ein Hotel der Belle Époque. Herr A. versuchte, sich zu erinnern. Er war am Abend ganz normal in seinem Bett zu Hause schlafen gegangen. Nichts Ungewöhnliches war geschehen. Wie kam er hierher? Was war passiert? Er fühlte sich benommen. Konnte er betäubt worden sein? Er fand keine Antwort.

Mühsam rappelte er sich auf und versuchte, seine Umgebung zu erkunden. Er wankte bis zur nächsten Ecke. Dort zweigte ein anderer Korridor ab, genau gleich dem, in dem er aufgewacht war. Er folgte diesem bis zur nächsten Ecke. Wieder ein Korridor. Und so weiter. Die Korridore bildeten eine Art Labyrinth. Herr A. fand keinen Ausgang. Alles war absolut menschenleer. Kein Laut war zu hören. Herr A. klopfte an einige der Türen, ohne Antwort zu erhalten. Schließlich versuchte er die eine oder andere Türklinke zu betätigen. Die Türen waren verschlossen.

Panik stieg in ihm auf. Er wollte hinaus. Aus seinem Wanken wurde ein hastiges Vorwärtsstolpern, von Zeit zu Zeit sogar ein Laufen. Es gab Differenztreppen, die er in zwei, drei Sprüngen nahm, dann wurden die Gänge einmal schmaler, einmal weiter. Auch sah er Messingschilder mit Pfeilen und Hinweisen. Allerdings waren die Hinweise in einer Sprache verfasst, die er nicht kannte. Er prägte sich eine dieser Beschriftungen ein und folgte den entsprechenden Pfeilen. Tatsächlich hatte er Erfolg. Er gelangte zu einem Treppenhaus. In der Mitte war ein Fahrstuhlschacht, der Fahrstuhl befand sich auf seiner Etage. Es war ein alter Fahrstuhl, vergittert. Herr A. blickte in den Fahrstuhlschacht – nach oben und unten. Er konnte im Halbdunkel weder oben noch unten ein Ende erkennen. Die unabsehbar vielen Treppen zu Fuß zu bewältigen, war aussichtslos. Aber vielleicht konnte er mit Hilfe des Aufzuges einen Ausgang erreichen. Er öffnete die mit Jugendstilmotiven verzierte Gittertür des Fahrstuhls und trat ein.

Das Bedienfeld schien aus Messing zu sein, mit elfenbeinfarbenen Knöpfen und einer merkwürdigen Beschriftung. Angegeben waren offenbar nur relative Höhen, wobei der Bezugspunkt sich nicht erkennen ließ. Bezogen sich die Angaben auf sein jetziges Stockwerk? Und wenn ja, musste er nach oben oder unten? Er entschied sich dafür, nach oben zu fahren, und drückte einen entsprechenden Knopf. Stockend setzte sich der Aufzug in Bewegung. Er machte keinen sehr stabilen Eindruck. Hoffentlich hielt er. Es gab nur einen knirschenden Boden zwischen Herrn A. und dem Abgrund des Fahrstuhlschachts. Er erinnerte sich an seinen Blick in den Fahrstuhlschacht. Der Abgrund musste sehr tief sein.

Plötzlich blieb der Aufzug zitternd stehen. Er befand sich irgendwo zwischen zwei Stockwerken. Es knackte und rumpelte. Das hatte ja kommen müssen! Der Boden gab langsam nach. Herr A. spürte, dass er fallen würde und griff nach dem Gitter der Fahrstuhltür. Dann brach der Boden weg. Ein leises Krachen – wie ein knuspriger Keks, der zerbricht. Der Boden als Ganzes hatte sich gelöst und fiel. Trudelnd entschwand er in der Finsternis. Herr A., der nicht die Absicht hatte, ihm zu folgen, hielt sich am Gitter fest und hing jetzt in der Luft.

So schwebte er für eine gefühlte Ewigkeit über dem schwarzen Abgrund des Schachts. Merkwürdigerweise schrie er nicht um Hilfe. Vielleicht, weil alles so menschenleer und still gewesen war, vielleicht, weil er glaubte, dass es sowieso sinnlos gewesen wäre, weil niemand ihn hören würde, vielleicht blieben ihm auch nur die Worte im Halse stecken. Es dauerte nicht lange, bis ihn die Kräfte verließen. Sein Griff um die Gitterstäbe lockerte sich immer mehr, bis er loslassen musste. Ihn packte leichter Schwindel. Die Wände schienen sich zu verbiegen, aber der Abgrund blieb.

Die Sekunden vor dem Fall streckten sich wie in Zeitlupe. Es war die Trägheit der Materie, die sich langsam in Bewegung setzte. Außerdem der Kontrast zu den immer schneller rasenden Gedanken von Herrn A., die keine Lösung fanden. Die Realität war unerbittlich. Er würde fallen. Dann war es soweit.

Die Zeit blieb stehen.

Herr A. erwachte schweißgebadet in seinem Bett. Hatte er nur geträumt? War er jetzt wach? Ja, tatsächlich, alles fühlte sich real an. Er lag in seinem Bett und neben ihm seine Frau, die ihn mitfühlend ansah. Hatte er sie mit seinem unruhigen Schlaf geweckt? Schlaftrunken stammelte er: „Bin ich wach?" Sie rief lachend: „Nein, du träumst und ich bin deine Traumfrau!" Er lächelte: „Ja, das bist du", und fühlte sich so wohl wie schon lange nicht mehr. Wie schön, noch am Leben zu sein!